U0084279

古典文獻研究輯刊

八　編

潘美月・杜潔祥　主編

第 15 冊

《曲江集》校釋與評論（下）

徐 華 中 著

國家圖書館出版品預行編目資料

《曲江集》校釋與評論(下)／徐華中 著——初版——台北縣永和市：
花木蘭文化出版社，2009〔民98〕

目 8+162 面：19×26 公分
(古典文獻研究輯刊 八編：第 15 冊)

ISBN：987-986-6528-48-4（精裝）
1. 中國詩　2. 詩評
851.4414　　　　　　　　　　　　　　　　　97012759

ISBN - 978-986-6528-48-4

9 789866 528484

古典文獻研究輯刊
八　編　第十五冊　　　　　　　ISBN：987-986-6528-48-4

《曲江集》校釋與評論（下）

作　　者	徐華中
主　　編	潘美月　杜潔祥
總 編 輯	杜潔祥
企劃出版	北京大學文化資源研究中心
出　　版	花木蘭文化出版社
發 行 所	花木蘭文化出版社
發 行 人	高小娟
聯絡地址	台北縣永和市中正路五九五號七樓之三
	電話：02-2923-1455／傳真：02-2923-1452
網　　址	http://www.huamulan.tw 信箱 sut81518@ms59.hinet.net
印　　刷	普羅文化出版廣告事業
初　　版	2009 年 3 月
定　　價	八編 20 冊（精裝）新台幣 31,000 元

《曲江集》校釋與評論（下）

徐華中　著

目

次

下　冊

一五三、巡屬縣道中作

春令夙所奉，駕言遵此行。途中却郡掾，林下招村民。至邑無紛列，來人但歡迎。豈伊念邦政，爾實在時清。短才濫符竹，弱歲起柴荊。再入江村道，永懷山藪情。矧逢陽節獻，默聽時琴鳴。迹與素心別，感從幽思盈。流芳日不待，夙志蹇無成。知命且何欲，所圖唯退耕。華簪極身泰，衰鬢慼木榮。苟得不可遂，吾其謝世嬰。

【校】

1. 村民：祠堂本、四庫本、白口本、全唐詩、全唐詩稿本作村氓。案：民者氓也。
2. 紛列：四庫本、白口本、全唐詩、全唐詩稿本作紛劇。案：紛劇，紛亂繁雜。於義爲是。
3. 短才：嘉靖本作短世。案：短才者指才能拙。於義爲是。
4. 時琴鳴：四庫本、嘉靖本、全唐詩、全唐詩稿本作時禽鳴。案：以禽鳴爲是。
5. 退耕：祠堂本、李補本作退畊。案：畊爲耕之古字。

【註釋】

〔1〕春令：謂春日之奉令出巡也。《淮南子・時則訓》：「朝於青陽左个，以出春令。」《管子・輕重》：「天子之春令。」

〔2〕掾：古屬官之通稱。如掾史、掾屬。《後漢書・百官志》：「郡太守，郡丞，縣令若長，縣丞、縣尉，各置諸曹掾史。」《通典・職官典》：「漢有太尉，後改爲大司馬，綏和初，始置長史一人，掾史二十四人。」

〔3〕短才：才智短拙。陸機〈豪士賦序〉：「運短才而易聖哲，所難者哉。」雍陶〈再經天涯地角山詩〉：「每憶雲山養短才，悔緣名利入塵埃。」

〔4〕素心：本心，平素之心。陶潛〈歸園田居詩〉：「素心正如此，開徑望三益。」

〔5〕知命：《易・繫辭》：「樂天知命，故不憂。」《論語・爲政》：「五十而知天命。」潘岳〈閒居賦序〉：「自弱冠涉乎知命之年。」

一五四、南還以詩代書贈京都舊寮

薄宦臣昏闕，遵尊義取斯。窮愁年貌改，寂歷爾胡為。不謟詞多忤，無容

禮益卑。微生尚何有，遠跡固其宜。思擾梁山曲，情遙越鳥枝。故園從海上，良友邈天涯。雲雨歡一別，川原勞載馳。上慙伯樂顧，中負叔牙知。去國誠寥落，經途弊險巇。歲逢霜雪苦，林屬蕙蘭萎。欲贈幽芳歇，行悲舊賞移。一從關作限，兩見月成規。苒苒窮年籥，行行盡路歧。征鞍稅北渚，歸帆指南垂。樹晚猶蔥蒨，江寒尚淪漪。土風從楚別，山水入湘奇。石瀨相奔觸，煙林更蔽虧。層崖夾洞浦，輕舸泛澄漪。松篠行皆傍，禽魚動輒隨。惜哉邊地隔，不與故人窺。疇昔陪鵷鷺，朝陽振羽儀。來音雖寂寞，接景每逶迤。朝罷冥塵事，賓來話酒卮。邀歡逐芳草，結興選華池。及此風成歡，何時露可披。自憐無用者，誰念有情離。望美音容闊，懷賢夢想疲。困聲達霄漢，持拙守東陂。

【校】

1. 詩題：全唐詩、稿本寮作僚。
2. 寂歷：四庫本作寂歷。白口本、全唐詩稿本作寂蔑。案：歷、歷見前詩。寂歷：閑曠，彫疏貌，寂蔑，寂無也。寂歷：喻己在朝孤獨。
3. 遵尊：全唐詩、白口本、作尊尊。案：遵：循也。尊遵通。
4. 露可披：四庫本作霧可披。案：披霧：分開雲霧，喻除去障礙。《南史‧孔休源傳》：「觀天披霧，驗之今日。」於義為是。
5. 蔥：四庫本作蔥。
6. 泛：全唐詩、全唐詩稿本作汎。
7. 輒：嘉靖本、白口本、李補本、南雄本作輙。南雄本作轍。案：輙為輒之俗體字。
8. 陪鵷鷺：全唐詩作鴻鷺。案：當作鴻鷺為是。
9. 弊：李補本作獘。
10. 困聲達霄漢：嘉靖本作因聲。案：因，憑借也。借著聲音傳達，以作「因」為是。

【註釋】

〔1〕晨昏闕：未得居家定省也。《禮‧曲禮》：「凡為人子之禮，冬溫而夏清，昏定而晨省。」

〔2〕遵尊義：循正義也。《書‧洪範》：「無偏無陂，遵王之義。」傳：「言當循先王之義以治民也。」

〔3〕微生：即微生畝，春秋魯之隱士。《論語‧憲問》：「微生畝謂孔子曰：何

為是栖栖者與，無乃為佞乎。孔子曰：非敢為佞也，疾固也。」

〔４〕梁山曲：梁山歌也。《琴操》曰：「曾子耕太山之下，天雨雪凍，旬月不得歸，思其父母，作梁山歌。」

〔５〕越鳥枝：《古詩》：「越鳥巢南枝，胡馬依北風。」潘岳〈在懷縣作詩〉：「徒懷越鳥志，眷戀想南枝，喻懷鄉也。」

〔６〕雲雨：德澤也。《後漢書‧鄧騭傳》：「託日月之末光，被雲雨之渥澤。」《後漢書‧梁皇后紀》：「願陛下思雲雨之均澤。」

〔７〕載馳：《詩‧鄘風》：「載馳載驅，歸唁衛侯。」詩序：「許穆夫人作也，閔其宗國顛覆，自傷不能救也。」

〔８〕伯樂顧：《後漢書‧隗囂傳》：「數蒙伯樂一顧之價。千里馬得遇伯樂，始見其可貴。」《戰國策‧燕策》：「蘇代曰：客有謂伯樂，臣有駿馬欲賣，此三旦立于布人莫與言，願子一顧之，請獻一朝之費，伯樂乃旋視之，去而顧之，一旦而馬價十倍。」

〔９〕叔牙知：鮑叔牙也。春秋齊大夫與管仲善，同賈南陽，知管仲賢而貧，分財多與，薦管仲於桓公，佐桓公，成霸業。《左傳‧莊公八年》：「鮑叔率師來言曰：子到親也，請君討之，管召讎也，請受而甘心焉。」《史記‧齊太公世家》：「鮑叔牙曰：臣幸得從君，君竟以立，君將治齊，即高傒與叔牙足也，君且欲霸王，非管夷吾不可。」

〔１０〕險戲：《文選》劉峻〈廣絕交論〉：「世路險戲，一至於此。」注：「險戲猶顛危也。」

〔１１〕渺瀰：《文選》木華〈海賦〉：「渺瀰涬漫。」注：「曠遠之貌。」

〔１２〕土風從楚別：《左傳‧成公九年》：「樂操土風，不忘舊也。」《文選》左思〈魏都賦〉：「蓋音有楚，夏者，土風之乖也。」向注：「土，土壤。風，風俗。」

〔１３〕石瀨：《說文》：「水流沙上也。」桂馥注：「華嚴經音義引作；淺水流沙上也。」《論衡‧書虛篇》：「溪谷之深，深者安詳，淺多沙石，激揚為瀨。」《楚辭‧九歌‧湘君》：「石瀨兮淺淺。」注：「瀨，湍也。」洪興祖補注：「石瀨，水激石間則怒成湍。」

〔１４〕羽儀：鴻鳥之羽可用為物之儀表也，轉用為模範，一代師表之意。《易‧漸上九》：「鴻漸于陸，其羽可用為儀，吉。」《文選》左思〈吳都賦〉：「湛淡羽儀，隨波參差。」

〔15〕冥塵事：冥，遠也。塵事，俗世之事也。陶潛〈赴假還江陵賦〉：「閑居三十載，遂與塵事冥。」

〔16〕音容：聲音容貌也。謝靈運〈酬從弟惠連詩〉：「巖壑寓耳目，歡愛隔音容。」

〔17〕酒巵：酒杯也。《北史‧魏常山王遵傳》：〈以銀酒巵容二升許，懸於百步外。」

【箋】

《張九齡年譜附論五種》：「本集卷四南還以詩代書贈京都舊寮云：薄宦晨昏闕，尊尊義取斯，窮愁年貌改，寂歷爾胡為？不詔詞多忤，無容禮益卑，微生尚何有，遠跡固其宜。」《徐碑》：「不愜時宰，拂衣告歸。」及〈與李讓侍御書〉：「慈親在堂，如日將暮，遂乃甘心附麗，乘便歸寧。」之語相類，又考九齡數度還鄉，惟此次為失意，而詩復云：因聲達霄漢，持拙守東陂。益證作於此時。」

一五五、初發道中贈王司馬兼寄諸公

昔歲嘗陳力，中年退屏居。承顏方弄鳥，放性或觀魚。曾是安疵拙，誠非議卷舒。林園事益簡，煙月賞恆餘。不意棲愚谷，無階奉詔書。湛恩均大造，弱植愧空虛。肅命趨仙闕，僑裝撫傳車。念行開祖帳，憐別降題輿。誰謂風斯許，叨延禮數除。義沾投分末，情及解攜初。追餞扶江界，光輝燭里閭。子雲應寂寞，公緒為吹噓。景物春來異，音容日向疏。川原行稍穩，鐘鼓聽猶徐。林隔王公罩，雲迷班氏廬。戀親唯委咽，思德更躊躇。徇義當由此，懷安乃闋如。原酬明主惠，行矣豈徒歟。

【校】

1. 弄鳥：李補本作「弄馬」。馬為形誤。

2. 風斯許：祠堂本、白口本、四庫本、全唐詩作風期許。

3. 禮數除：四庫本、白口本、全唐詩、全唐詩稿本作禮數殊。

4. 公緒：白口本、全唐詩、英華本作公叔。

5. 鐘鼓：南雄本、湛刊本、成化本四庫本作鐘鼓，李補本作鍾鼓。白口本作鍾鼓。

6. 王公罩：全唐詩作王公興。

7. 思德：嘉靖本、全唐詩、白口本、全唐詩稿本作恩德。案：思為形誤，當

以「恩德」爲是。

    8. 豈徒歟：李補本作豈徒然。案：根據押韻，當從此本作豈徒歟。

【註釋】

〔1〕屏居：屏退世事而隱居也。《史記・李將軍傳》：「廣家與故潁陰侯屏
    野居藍田山中射獵。」

〔2〕僑裝撫傳車：旅行之行裝謂僑裝。驛車謂傳車也。《海錄碎事・人事・逆
    裝》：「僑裝撰行，去國遐陟。」《史記・游俠・朱家傳》：「條侯爲太尉，
    乘傳車，將至河南。」

〔3〕投分：意氣相合也。潘岳〈金谷集詩〉：「投分寄石友，白首同所歸。」

〔4〕子雲應寂寞：《漢書・楊雄傳》：「雄爲人簡易佚蕩，默而好深湛之思，清
    靜亡爲，少嗜欲，其著文自況，惟寂惟寞，守德之宅……，胥靡爲宰，寂
    寞爲尸。」

〔5〕公緒爲吹噓：《漢書・黨錮傳》：「海內希風之流，遂共相標榜，指天下名
    士爲之稱號……王訪、劉祇、宣靖、公緒恭爲八顧。」

〔6〕班氏廬：《漢書・列傳敘傳》：「始皇之末，班壹避墜於樓煩，致馬牛羊數
    千群，孝惠高后時，以財雄邊，出入弋獵，旌旗鼓吹，年百餘歲以壽終。」
    陶淵明詩：「聊且憑化遷，終返班生廬。」

一五六、夏日奉使南海在道中作

緬然萬里路，赫曦三伏時，飛走逃深林，流爍恐生疵，行李豈無苦，而我
方自怡，肅事誠在公，拜慶遂及私，展力慚淺效，銜恩感深慈，且欲湯火
蹈，況無鬼神欺，朝發高山阿，夕濟長江湄，秋瘴寧我毒，夏水胡不夷，
信知道存者，但問心所之，呂梁有出入，乃覺非虛詞。

【校】

    1. 銜恩：祠堂本、嘉靖本、四庫本、全唐詩稿本、全詩同此本。

【註釋】

〔1〕緬然：《國語・楚語》：「緬然引領南望。」韋注：「猶邈也。」賈注：「思
    貌也。」按思貌蓋由望遠之義而生。

〔2〕赫曦：光明盛大之貌。《後漢書・張衡傳》：「羨上都之赫戲兮。亦作赫曦。」
    《離騷》：「陟陞皇之赫戲兮。」洪興祖注：「戲與曦同。」江淹〈爲蕭鸞

拜太尉楊州牧表〉:「名爵赫曦,儡俛優㒫。」又作赫羲。《文選》潘岳詩:
「降暑方赫羲。」

〔3〕行李:使人也。《左傳·僖公三十年》:「行李之往來。」注:「行李,使人。」
《襄八年》云「:一介行李。」杜云:「行李,行人也。」《昭十三年》云:
「行李之命。」杜云:「行李,使人。」

〔4〕三伏:謂初伏,中伏、終伏也。曹植謂之三旬也,梁《昭明太子集》:「林
鐘六月啓,三伏漸終,九夏將謝。」

〔5〕湯火蹈:赴湯蹈火也。謂不避艱險也。《漢書·晁錯傳》:「蒙矢石,赴湯
火。」《新論·辯樂》:「楚越之俗好勇,則有赴湯蹈火之歌。」

〔6〕呂梁有出入:《列子·黃帝》:「孔子觀於呂梁,懸水三十仞。流沫三十里,
黿鼉魚鱉之所不能游也。見一丈夫游之,以爲有苦而欲死者也。使弟子並
流而承之。數百步而出,被髮行歌而游於棠行塘下。」謂水流之急也。《莊
子》、《說苑》皆載其事。

一五七、湞陽峽

行舟傍越岑,窈窕越溪深,水闇先秋冷,山晴當晝陰,重林間五色,對壁
聳千尋,惜此生遐遠,誰知造化心。

【校】

1. 詩題:英華本作湞陽峽作。嘉靖本作湞陽峽,李補本作陽陜。案:湞陽峽
   在廣東英德縣南十五里。

2. 行舟:英華本作舟行。

3. 水闇:英華本作水暗。案:闇、暗通。

4. 對壁:英華本作對石。案:對壁:指峽旁之懸崖峭壁,於義爲是。

5. 惜此生遐遠:英華作物此生遐遠。案:惜可歎惜,婉惜意,謂湞陽峽地偏
   一隅,不易爲人知。

【註釋】

〔1〕湞陽峽:在廣東英德縣南十五里,一名皐石山。《始興記》:「梁,鮮二水
   口下流有湞陽峽長二十餘里。」《水經注》:「溱水西南歷皐石。太尉二山
   之間,是日湞陽峽。兩岸傑秀,壁立虧天。」

〔2〕造化:謂創造化育也。《淮南子·精神》:「偉哉造化者。」注:「謂天也。」

又《本經》：「與造化者相雌雄。」注：「天地也。」又《淮南子‧覽冥》：「懷萬物而支造化。」注：「陰陽也。」

【箋】

《唐音癸籤》：「曲江公滇陽峽詩：『惜此生遐遠，誰知造化心。』讀此正笑柳子厚一篇〈小石山城記〉，蚤被此老縮入十個字中矣，柳嘗謂燕公文勝詩，曲江詩勝文，見采掇素嚮云。」

一五八、使至廣州

昔年嘗不調，茲地亦遭廻，本謂雙鳧少，何知駟馬來，人非漢使橐，郡是越王臺，去去雖殊事，山川長在哉。

【校】

1. 遭廻：全唐詩作遭回，見前詩。
2. 漢使橐：李補本作漠使橐。案：案《漢書》：「賜賈橐中裝，直千金。」作漢使橐爲是。
3. 越溪：全唐詩稿本作谿。

【註釋】

〔1〕遭迴：行難貌。《易‧屯》：「屯如邅如。」疏：「屯，屯難。邅，邅迴。」《楚辭‧九歎‧怨思》：「寧浮沉而馳騁兮，下江南以邅迴。」注：「言己不能隨俗，寧浮身於沅水，馳騁而去，遂下湘江運轉而行也。」

〔2〕本謂雙鳧少：《後漢書‧卷七十二》：「王喬者，河東人也……喬有神術，每月朔望常自縣詣台朝，帝怪其來，數而不見車騎，密令太史伺望之，言其臨至，輒有雙鳧從東南飛來，於是候鳧至，舉羅張之，但得一隻舄焉，乃詔尚方診視……。」

〔3〕漢使橐：《漢書‧陸賈傳》：「賜賈橐中裝，直千金。」

【箋】

按九齡開元四年至六年間，告歸居韶，有〈與王六履震廣州津亭曉望〉詩，蓋其時嘗至廣州，一、二句當即謂此，三句用東漢王喬事，云本謂雙鳧少者，蓋取屏退居卿，無路入朝之義。五、六句用陸賈使南越事，九齡奉使祭南海，與陸賈奉封趙佗事殊，故有七、八句一結。方回《瀛奎律髓‧卷六》評云：「此爲嶺南黜陟使時詩，所謂衣錦者也。」溫汝造《曲江集考證‧卷上》亦

云：「公時自洪州轉授桂州刺史，兼嶺南道按察使，詳詩意似謂自內職一麾出守，已四年、五年，雖近故鄉而川路邅回，恨無飛舃可到，何意緣奉使得還鄉閭，喜可知也。」《張九齡年譜附論五種》：「按方溫二氏似皆不省九齡嘗於此時奉使南來者，因祇就碑、傳所敘官歷斷此詩於按察嶺南時，然其按察嶺南所作諸詩，如本集卷四〈巡按自離水南行〉，卷二「酬周判官巡至始興會改秘書少監見貽」之作，並題巡按，巡至，而本年（十四年）奉使諸詩皆題云奉使，赴使、使還，其製題本有區別，此首既題使至廣州，則為此時所作至顯。」

一五九、春江晚景

江林皆秀發，雲日復相鮮，征路那逢此，春心益眇然，興來祇自得，住處莫能傳，薄暮津亭下，餘花滿客船。

【校】

1. 佳處：全唐詩作佳氣。案：只此景之妙，不可言傳，佳處指春江，於義為是。此本誤住處，當改。
2. 眇然：全唐詩、全唐詩稿本、白口本作渺。見前詩。
3. 祇自得：白口本、嘉靖本、全唐詩稿本作秖，見前解。
4. 滿客船：英華本作落客船。

   案：滿則有花落滿船意，於義較英華本佳。

【註釋】

〔1〕春心：春日之心情。《楚辭·招魂》：「目極千里兮傷春心。」
〔2〕自得：《禮記·中庸》：「君子無入而不自得焉。」注：「自得，所鄉，不失其道。」《史記·晏嬰傳》：「意氣揚揚，甚自得也。」

一六〇、與王六履廣州津亭曉望

明發臨前渚，寒來淨遠空，水紋天上碧，日氣海邊紅，景物紛為異，人情賴此同，乘桴自有適，非欲破長風。

【校】

1. 詩題：一本履下衍震字，誤。
2. 乘桴：全唐詩、全唐詩稿本、白口本作乘槎。案：槎：舟也，筏也。《論

語》：「乘桴浮於海。」

　　3. 寒來：祠堂本作潮來，嘉靖本作淨來。

【註釋】

〔1〕乘桴：《論語・公冶長》：「子曰：道不行，乘桴浮於海。」注：「桴：筏也。」

〔2〕長風：《南史・宗愨傳》：「南朝宋宗愨少時，叔父炳問其志，對曰：願乘長風破萬里浪。」

一六一、初發曲江溪中

溪流清且深，松石復陰臨，正爾可嘉處，胡為無賞心，我由不忍別，物亦有緣侵，自匪嘗行邁，誰能知此音。

【校】

　　1. 溪中：祠堂本、嘉靖本、全唐詩同此本。一本作溪字。

　　2. 猶：祠堂本、四庫本、嘉靖本、成化本、湛刊本、李補本作白口本作由。
　　　　案：上句云「正爾可嘉處」故作「猶」為是。

　　3. 自匪常行邁：英華本作自非常行邁。

【註釋】

〔1〕曲江：源出雲南省江川縣西，名曰大溪，又名玉溪河，南經玉溪縣入峨峨縣境，合練江爲合流江，東南至河西縣曰碌碌河，自此而東乃名曲江。

〔2〕行邁：即行也，《文選》陸機〈擬古詩〉：「悠悠行邁遠，戚戚憂思深。」注：「向曰：邁亦行也。」

【箋】

　　《彙編唐詩》：譚云：「溪流清且深，松石復陰臨，正爾可嘉處，胡爲無賞心，筆墨未乾。鍾云：如此才是渾。鍾云：一篇只如一句，然氣奧而不輕淺。又云：調已高岑矣，然深厚些。」

一六二、自始興谿夜上赴嶺

嘗畜名山意，茲為世網牽，征途屢及此，初復已非然，日落青巖際，谿行綠篠邊，去舟乘目後，歸鳥息人前，數曲迷幽障，連圻觸閣泉，深林風緒結，遙夜客情懸，非梗胡為泛，無膏亦自煎，不知于役者，相樂在何年。

【校】

1. 嘗畜名山意：英華本、全唐詩稿本、全唐詩作嘗蓄名山意。見前詩。
2. 乘目後：祠堂本、英華本、四庫本、全唐詩稿本、李補本作乘月後，白口本作乘日後。案：此詩爲夜上赴嶺，故當以乘月後爲是。此本誤，當改。
3. 歸鳥：英華本作歸馬。案：馬爲形誤。
4. 闇泉：英華本作暗泉。
5. 于役者：英華本作行役者。
6. 屢及此：祠堂本作累及此。案：九齡家在始興，貶、遷皆經此，故作屢及此爲是。

【註釋】

〔1〕始興谿：始興水。《水經注》：「東溪水出南康縣界石閤山，亦名東江，又名始興水，西逕始興縣南，又西入曲江縣，注入北江。」按此北江上游，水經注所謂東江，今所謂湞水也。今有始興溪。

〔2〕名山：此指隱居也。《左傳・襄公十一年》：「名山名川。」疏：「名山，山之有名者，謂五嶽四鎮也。」

【箋】

《彙編唐詩》：「鍾云：幽細。」唐云：客況生山水間與俗情自別。」

一六三、奉使自藍田玉山南行

征驂入雲壑，情始步金門，通籍微驅幸，歸途明主恩，匪唯徇行役，兼得慰晨昏，是節暑云熾，紛吾心所尊，海縣且悠緬，山郵日駿奔，徒知惡囂事，未暇息陰論，嶢武經陳迹，衡湘指故園，山聞南澗險，煙望北林繁，遠靄千巖合，幽聲百籟喧，陰泉夏猶凍，陽景晝方暾，懿此高深極，徒令夢想存，盛明期有報，長徃復奚言。

【校】

1. 情始：祠堂本、四庫本、全唐詩、全唐詩稿本作始憶。
2. 南澗陰：湛刊本、李補本、白口本、成化本、四庫本、祠堂本、全唐詩稿本、全唐詩作南澗險。
3. 煙：祠堂本作烟。
4. 徇：祠堂本、李補本作狥。

【註釋】

〔1〕藍田：縣名，在陝西省長安縣南，位秦嶺之北，藍水之東，始置於秦，漢
　　　晉仍之。

〔2〕玉山：在藍田縣東南，亦稱覆車山，**驪**山之南，阜也。山出美玉，亦名玉
　　　山。

〔3〕通籍：謂著其姓名於門籍，得便出入也。《漢書・元帝紀》：「令從官給事
　　　官司馬者，得爲大父母父母兄弟通籍。」注：「籍者爲二尺竹牒，記其年
　　　紀名字物色，懸之官門。案省相應，乃得入也。」

【箋】

　　　《唐大詔令集・卷七四・命盧從愿等祭岳賣敕》云：「宜令……太常少卿張九
　　齡祭南岳及南省，原注開元十四年正月。」《元和郡縣圖志・卷一》云：「藍田
　　縣，東北至（京兆）府八十里，藍田山一名玉山……在縣東三十八里，是知九
　　齡南行自京首途也。」

一六四、巡按自灘水南行

理棹雖云遠，飲水寧有惜，況乃佳山川，怡然傲潭石，奇峰茇前轉，茂樹
限中積，猿鳥聲自呼，風泉氣相激，目因詭容逆，心與清暉滌，紛吾謬執
簡，行郡將移檄，即事聊獨歡，素懷豈兼適，悠悠詠麋鹽，庶以窮日夕。

【校】

　1. 飲水：全唐詩作冰，全唐詩稿本作氷。案：氷，俗冰字，飲冰者，呑食冰
　　　塊也。《莊子・人間世》：「今吾朝受命，夕飲冰，我內藝與。」於義爲是。
　　　此本誤水，當改。

　2. 麋鹽：湛刊李、成化本作麋鹽。案：《詩・唐風》：「王子麋鹽，不能藝委稷。」

　3. 日夕：白口本、全唐詩稿本作夕日。案：以隔句押韻觀之，當以夕日爲是。

【註釋】

〔1〕巡按：官名，即巡官，唐置，爲節度使，觀察等使僚屬。

〔2〕灘水：水名，亦曰灘江，又稱桂江，源出廣西省興安縣，陽海山，與湘水
　　　同源合流，是爲灘湘，至縣東，湘水東北流入洞庭湖，灘水則西南流經桂
　　　林，下經陽朔，平樂、昭平，蒼梧合潯江，東江爲潯江。漢滅南越，出零
　　　陵，下灘水即此。

〔3〕麋鹽：息也。《詩・唐風・鴇羽》：「王子麋鹽，不能藝黍稷。」王引之以

為王事靡盬者，王事靡有止息也。

一六五、使還都湘東作

蒼庚昨歸後，陽鳥今去時，感物遽如此，勞生安可思，養真無上格，圖進豈前期，甘節往來苦，壯容離別衰，盛明非不遇，弱操自云私，孤檟清川渚，征衣寒露滋，風朝津樹落，日夕嶺猿悲，牽役而無悔，坐愁祇自怡，當須報恩已，終爾謝塵緇。

【校】

1. 清川渚：全唐詩作清川泊。
2. 蒼庚：白口本、全唐詩、全唐詩稿本作倉庚。案：倉庚，離黃也。《詩・豳風》：「倉庚于飛，熠燿其羽。」
3. 甘節：全唐詩作清節。案：清節者，指自己清高之節操。
4. 孤檟：全唐詩作孤楫。案：楫檟同。
5. 樹落：成化本、湛刊本作樹洛。案：描述秋寒之景，宜以樹落為是。
6. 嶺猿：嘉靖本作猨。案：猿與猨同。

【註釋】

〔1〕蒼庚：鳥名。又作倉庚。《呂覽・仲春》：「蒼庚鳴，鷹化為鳩。」注：「蒼庚」《爾雅》曰：「商庚、黎黃，楚雀也。齊人謂之博黍，秦人謂之黃離，幽冀謂之黃鳥。詩云：黃鳥于飛，集于灌木是也。」

〔2〕陽鳥：謂雁也。《爾雅・釋鳥》：「鳧雁醜。」注：「雁，陽鳥也。」《書・禹貢》：「陽鳥攸居。」傳：「隨陽之鳥，鴻雁之屬。」

〔3〕養真：養其真性也。《夏侯湛・抵疑》：「玄白冲虛，仡爾養真。」陶潛詩：「養真衡茅下，庶以善自名。」

〔4〕塵緇：猶緇塵也。《謝眺・酬王晉安詩》：「誰能久京洛，緇塵染素衣。」陸機〈為顧彥先贈婦詩〉：「京洛多風塵，素衣化為緇。」

【箋】

按《新紀》云：「開元十二年十一月庚午如東都……十五年十月己卯至自東都。」是此四年玄宗皆在東都。詩題亦云使還都，故知九齡還至東都也。

一六六、旅宿淮陽亭口號

日暮荒亭上，悠悠旅思多，故鄉臨桂水，今夜眇星河，暗草霜華發，空亭雁影過，興來誰與晤。勞者自為歌。

【校】

　　1. 眇星河：白口本、全唐詩稿本作渺。

　　2. 雁影過：四庫本、南雄本、祠堂本、英華本、全唐詩稿本作鴈。

【註釋】

　〔1〕淮陽：隋置陳州，改曰淮陽郡，唐復爲陳州，尋復爲淮陽郡。

　〔2〕桂水：湖南桂水有二：一源出藍山，下合春水入湘；二源出彬縣，西北入耒江。兩水皆遙與曲江爲鄰，而彬縣較近。

【箋】

　　《彙編唐詩》：「吳云：通篇清秀，誦之悠然。」

一六七、望月懷遠

海上生明月，天涯共此時，情人怨遙夜，竟夕起相思，滅燭憐光滿，披衣覺露滋，不堪盈手贈，還寢夢佳期。

【校】

　　1. 情人：英華本作人情。案：情人，喻指遠方友人。鮑照〈翫月城西門廨中詩〉：「廻軒駐輕蓋，留酌侍情人。」

【註釋】

　〔1〕情人：遠別之友人也。鮑照〈翫月城西門廨中詩〉：「廻軒駐輕蓋，留酌侍情人。」徐絃〈九月三十夜雨寄故人詩〉：「情人如不醉，定是兩相思。」

　〔2〕不堪盈手贈：陶淵明〈答齊高帝詔問山中何所有詩曰〉：「山中何所有，嶺上白雲多，只可自怡悅，不堪持贈君。」陸士衡〈擬古詩明月何皎皎〉曰：「照之有餘暉，攬之不盈手。」

　〔3〕滅燭憐光滿：梁簡文帝〈夜曲〉：「愁人夜獨長，滅濁臥蘭房。祇恐多情月，旋來照妾床。」謝靈運〈怨曉月賦〉：「臥洞房兮當何悅，滅華燭兮送素月。」

【箋】

　　《彙編唐詩》：「鍾云：情無限。又云：情人怨遙夜，竟夕起相思，滅燭憐光滿，深於看月。唐云：共字有來歷。」

一六八、秋夕望月

清迥江城月，流光萬里同，所思如夢裏，相望在庭中，皎潔青苔露，蕭條黃葉風，含情不得語，頻使桂華空。

【校】

1. 詩題：英華本作望月。

【註釋】

〔1〕流光：光耀輝映之意。〈曹植詩〉：「明月照高樓，流光正徘徊。」

【箋】

《彙編唐詩》：「鍾云：合情遠近可思不可言。唐云：前篇幽，此篇響，並望月妙作。」

一六九、詠 燕

海燕何微眇，乘春亦暫來，豈知泥滓賤，祇見玉堂開，繡戶時雙入，華軒日幾迴，無心與物競，鷹隼莫相猜。

【校】

1. 詩題：英華、全唐詩稿本、全唐詩、南雄本作燕。案：燕、鷰同。
2. 暫：全唐詩作暫。
3. 祇：白口本、英華本、嘉靖本、全唐詩稿本作祗。
4. 華軒：英華本作雕梁。案：華軒，華貴之車。雕梁者喻己賤，以燕不在華梁上造巢而言，當作「雕梁」爲是。
5. 鷹隼：英華本作鷹隼。案：鷹指李林甫，鷹乃形誤。

【註釋】

〔1〕海燕：鳥類，游禽科，棲海洋中或海濱，形似燕故名，鷰同燕。集韻作燕。
〔2〕玉堂：宮殿之稱，《繼古叢編》：「楚蘭台之宮有玉堂。」宋玉〈風賦〉：「徜徉乎中庭，北上玉堂，是也。」《史記・孝武紀》：「泰液池南有玉堂。」注：「漢武帝故事，玉堂基與未央前殿等去地十二丈。」《三輔黃圖》：「南建宮南有玉堂，階陛皆玉爲之，亦以對稱嬪妃所居。」《漢書・谷永傳》：「抑損椒房玉堂之盛寵。」注：「玉堂，嬖幸之舍也。」《北史・外戚傳序》：「居擅玉堂。」《全唐詩稿本紀事》云：「九齡爲相與李林甫同列，陰欲中

傷之,履陳九齡頗懷誹謗于時,方秋帝命高力士持白團扇以賜,將寄意焉,
九齡惶恐,因作賦以獻,又為燕詩以貽林甫云云,林甫覽恚,怒少解。」

〔3〕繡戶:婦女所居曰繡者,言戶飾之華美。梁武帝〈樂府〉:「幕幕繡戶絲。」
《新論》:「適才,繡戶洞房,則簀不如衾,被雪沐雨,則衾不及簀。」

【箋】

按唐孟棨《本事詩》云:「張曲江與李林甫同列,玄宗以文學精識深器之,
林甫嫉之若讐,曲江度其巧譖,終不免,為海燕詩以致意。」《唐詩紀事‧
卷十五》云:「九齡在相位,有謇諤匪躬之誠,明皇既在位久,稍怠庶政,
每見帝極言得失,林甫時方同列,陰欲中之,將加朔方節度使牛仙客實封,
九齡稱其不可,甚不聽帝旨,他日林甫請見,屢陳九齡頗誹謗……九齡乃為
詩以貽林甫云云,林甫覽之,知其必退,恚怒稍解。」當在罷相之前。

一七〇、詠 史

大德始無頗,中智是所是,居然已不一,況乃務相詭,小道致泥難,巧言
因妻毀,穰侯或見遲,蘇生得陰揣,輕既長沙傅,重亦邊郡徙,勢傾不幸
然,跡在胡寧爾,滄溟所為大,江漢日來委,澧水雖復清,魚鱉豈游此,
賢哉有小白,讐中有管氏,若人不世生,悠悠多如彼。

【校】

1. 澧水:祠堂本、全唐詩、全唐詩稿本作灃水。案:澧水:源出陝西省寧陝
   縣東北之秦嶺,注入渭河。又案:渭水混濁,當澧水入渭亦濁,故云茍復
   清。

2. 魚鱉:全唐詩、四庫本作黿。案:黿或作鱉。

【註釋】

〔1〕大德始無頗:大德無偏也。大德謂天地生物之德也。《易‧繫辭》:「天地
   之大德曰生。」《禮‧中庸》:「故大德也必得其位。」疏:「以其德大,能
   覆養天下,故必得其位。」《荀子‧臣道》:「正義之臣設,則朝廷不頗。」
   《離騷》:「修繩墨而不頗。」王逸注:「傾也。」

〔2〕中智是所是:中智,猶中人。《論語‧雍也》:「中人以上,可以語上,中
   人以下,不可以語上。」王注:「上謂上知,兩舉中人,謂其可上可下。」

〔3〕小道致泥難:《論語‧子張》:「雖小道必有可觀者焉,致遠恐泥。」何晏

注：「小道謂異端。」劉寶楠《正義》：「周禮，大司樂注：道多才藝，此小道亦謂才藝。」鄭注：「小道如今諸子書也。」

〔4〕穰侯或見遲：戰國時秦昭王母宣太后弟，昭王立，四登相位，封穰侯，與白起無所容身，人明察過至，不能容眾，則眾亦不樂爲用。此喻歷事跡，因果相生。

【箋】

陳沆云：「此章專刺李林甫之娼嫉也，首六句言其變亂黑白，以似是而非之言，眩惑王聰也，《史記》范雎從王稽入秦道遇穰侯，乃匿車中，既別去，范雎曰：吾聞穰侯智士而見事遲，嚮者疑車中有人，忘索之，此必悔之，於是下車行走十餘步，果使騎還索車中，無客乃已。范雎後說昭王，卒逐穰侯而奪其相位。」此以喻己之見事遲，而爲林甫之陰揣所陷也。蘇生、蘇秦也，滄冥無所不納，小水不容魚鱉，喻君子以大度受欺，小人苟察，不容一物，睚眦不合，則陰擠死排，終身讐之而後已，欲望以古人釋憾用賢之風，豈可得哉。」

一七一、勅賜寧主池宴

賢王有池舘，明主賜春遊，淑氣林間發，恩光水上浮，徒慚和鼎地，終謝臣川舟，皇澤空如此，輕生莫可酬。

【校】

1. 詩題：全唐詩作敕賜寧主池宴。案：勅、敕通。
2. 寧主：祠堂本、全唐詩稿本、全唐詩作寧主。案：寧主爲睿宗長子，以寧王爲是。
3. 恩光：南雄本作恩先。案：恩指明主賜春遊，恩光，寵遇也，江淹〈雜詩〉：「豪士枉尺璧，宵人重恩光。當作恩光。」
4. 徒慚：全唐詩、全唐詩稿本、白口本作徒慚。案：徒慚和鼎地，喻己之才淺，當以「慚」爲是。
5. 臣川：祠堂本作濟川。

【註釋】

〔1〕寧王：唐睿宗長子本名成器，以避成皇后諱，改名憲，初封永平郡王，後立爲皇太子，及睿宗降爲皇嗣，則天冊授爲皇孫，旋改封壽春郡王，中宗即位，改封宋王，及睿宗復位，封爲寧王。

〔2〕恩光：謂寵遇也。江淹〈雜體詩〉：「豪士枉尺璧，宵人重恩光。」

〔3〕和鼎地：鼎中和味之地也。《唐書・元載傳》：「和鼎之寄，匪易其人。」

〔4〕臣川舟：臣川者，大川也。《書・說命上》：「若濟臣川，用汝作舟揖。」
　　注：「渡大水待舟揖。」

一七二、龍門旬宴得月字韻

恩華逐芳歲，形勝兼韶月，中席傍魚潭，前山倚龍闕。花迎妙妓至，鳥避
山舟發，宴衍良在茲，再來情不歇。

【校】

　　1. 宴衍：全唐詩、全唐詩稿本、白口本作宴賞。
　　　　案：衍，樂也。

【註釋】

〔1〕旬宴：徧賜宴也。張說〈三月二十日詔宴樂遊園賦得佩守詩〉：「皇恩貸芳
　　月，旬宴美成功。」

〔2〕芳歲：正月也，《事物異名錄》：「歲時正月。」梁元帝《纂要》：「正月曰
　　開歲、發歲、獻歲、肇歲、芳歲、華歲。」

〔3〕宴衍：樂也。《詩・小雅・南有嘉魚》：「嘉賓式燕以衍。」

【箋】

《彙編唐詩》：「高廷禮定品彙拔陳正字于正宗而不及曲江，每恨其淺識，今
讀其詩雖極摹古，而拘拘儷偶猶未脫初唐習氣。」

一七三、天津橋東旬宴得歌字韻

清洛象天河，東流形勝多，朝來逢宴喜，春盡卻妍和，泉鮪歡時躍，林鶯
醉後歌，賜恩頻若此，為樂奈人何。

【校】

　　1. 詩題：英華本作天津橋東旬宴得歌字。
　　2. 林鶯：全唐詩、全唐詩稿本、英華本作林鶯。
　　3. 後歌：全唐詩、四庫本、全唐詩稿本作裡歌。

【註釋】

〔1〕天津橋：在河南洛陽縣，隋煬帝遷都，以洛水貫都，有天漢之家，因建此

橋，用大船維舟，以鐵鎖鉤連南北，夾路對起四樓，名曰天津，唐貞觀十四年，更令石工累方石爲腳。

一七四、上陽水窻旬得移字韻

河漢非應到，汀洲忽在斯，仍逢帝樂下，如逐海槎窺，春賞時將換，皇恩歲不移，今朝遊宴所，莫比天泉池。

【校】

1. 詩題：祠堂本、四庫本作上賜水牕旬宴得移字韻。嘉靖本作上陽水牕旬宴得移字韻，全唐詩作窻。案：牕、牕、窻同慂
2. 如逐海槎窺：祠堂本、李補本作如遂。案：逐有追隨意，於義爲是。

【註釋】

〔1〕河漢：即銀河也。《古詩》：「皎皎河漢女。」善注引毛萇曰：「河漢，天河也。」
〔2〕海槎：渡海之桴筏也。虞茂〈賦織女石詩〉：「船疑海槎渡，珠似客星來。」
〔3〕天泉池：在洛陽縣東。《三國志・魏志・文帝紀》：「黄初五年，穿天淵地。」《晉書・禮志》：「陸機云：天泉池南石溝引御溝水，池西積石爲襖堂。」按晉時以此爲遊宴之所，懷帝嘗會群臣，賦詩於此。

一七五、故刑部李尚書荊谷山集會

嘗聞繼老聃，身退道彌躭，結宇倚青壁，疏泉噴碧潭，苔石隨人古，煙花寄酒酣，山光紛向夕，歸與杜城南。

【校】

1. 疏：全唐詩、祠堂本作疏。
2. 煙花：白口本、祠堂本作烟。
3. 紛向夕：白口本作紛尚夕。案：向夕，指時光已晚，於義爲是。
4. 彌躭：祠堂本、四庫本、嘉靖本、全唐詩、全唐詩稿本同此本，一本作迷躭。案：迷、彌通。

【註釋】

〔1〕刑部：官署，掌刑法獄訟之事，周爲秋官大司寇，西漢爲三公曹職，東漢爲二千石曹職，亦稱賊曹，晉復以三公尚書掌其書，南北朝爲都官尚書，

隋始置刑部，歷代仍之。

〔2〕老聃：《史記・老莊申韓列傳》：「老子者，楚苦縣厲鄉曲仁里人也。姓李氏，名耳，字伯陽，諡曰聃，周守藏室之史也。爲道家之始祖。」

〔3〕杜城：古杜伯國，秦置杜縣，漢宣帝築陵於此，改曰杜陵縣，晉改曰杜城，後魏復曰杜縣，北周廢，故城在今陝西省，長安縣東南。

【箋】

《彙編唐詩》：「譚云：起妙。鍾云：妙在似作文起法。唐云：結宇倚青壁，疏泉噴碧潭，苔石隨人口，煙花寄酒醅二語有鍛鍊。鍾云：山光紛向夕，妙於看景。唐云：韻險調高，改初入盛矣。」

一七六、三月三日申王園亭宴集

稽亭追徃事，睢苑勝前聞，飛閣凌芳樹，華池落綵雲，藉草人留酌，銜花鳥赴群，向來同賞處，惟恨碧林曛。

【校】

1. 詩題：成化本作銜，全唐詩、全唐詩稿本作銜花。案：此句當指人與物共樂。故云「鳥銜花」。

【註釋】

〔1〕三月三日：上巳之月見前六十三首註1。

〔2〕申王：《唐書・列傳五十七》：「信王瑝，玄宗第二十三子，初名泲，開元十三年三月封爲信王。」信，申者重宿之義。《史記・藺相如傳》：「咸信敵國。信，申也。」

〔3〕稽亭：地名，在江西九江之東，《南齊書・晉安王子懋傳》：「延興元年，晉安王子懋起兵赴難，具船稽亭渚。」

〔4〕睢苑：即梁苑，張大安〈奉和別越王詩〉：「離襟愴睢苑，分途指越城。」梁苑，漢梁孝王園名，園有官寶苑囿，有兔園，梁苑爲宴客之處，王融〈奉辭鎮西應教詩〉：「雷霆參辯爽，梁園豫才鄒。」

〔5〕藉草：謂以草襯墊也，《三國志・吳志・朱據傳》：「權責問據，據無以自明，藉草待罪。」

〔6〕曛：《集韻》：「日入餘光也。」謝靈運〈晚出西射堂詩〉：「夕曛嵐氣陰。」

一七七、恩賜樂遊園宴

寶筵延厚命，供帳序群公，形勝宜春接，威儀建禮同，晞陽人似露，解慍物從風，朝慶千齡始，年華二月中，輝光遍草木，和氣發絲桐，歲歲為無事，寧知樂九功。

【校】

1. 詩題：英華本作奉和恩賜樂遊園宴制，全唐詩、全唐詩稿本作恩賜樂遊園應制。

2. 寶筵延厚命：祠堂本作寶筵延錫命，四庫本作寶筐延後命，英華本作寶筐筵錫命。

3. 供帳序群公：南雄本作供帳，英華本作敘群公。案：江淹詩云：「帳飲東都，當作供帳。」帳、帷，帳也。序，次也。《儀禮‧鄉飲酒禮》：「眾賓序升。」當以序為是。

4. 遍草木：四庫本作變草木。案：指皇恩遍及草木。宜以遍為是。

5. 為無事：祠堂本、白口本、全唐詩、全唐詩稿本作無為化。四庫本作長無事。

6. 寧知樂九功：四庫本作徒知。案：謂百姓無為而自化，顯出人主行仁政天下大祥，若作「徒知」有知而不作意，而寧知則有「怎意作」與詩義暗合。

【註釋】

〔1〕樂遊園：漢宣帝建樂遊苑，《漢書‧宣帝紀》：「神爵三年春，起樂遊苑。」注：「師古曰：三輔黃圖云：在陵西北，又關中記云：宣帝立廟於曲池之北，號樂遊。」案其處則今之所呼樂遊廟者是也。《長安志》：「樂遊苑，亦曰樂遊園。」

〔2〕宜春：苑名，漢武帝所建，即曲江池所在地，故址在今陝西省長安縣南。

〔3〕威儀：《詩‧邶風‧柏舟》：「威儀棣棣。」疏：「嚴嚴之威，俯仰之儀。」又引《左傳》曰：「有威而可畏謂之威，有儀而可象謂之儀。」《中庸》：「禮儀三百，威儀三千。」朱注：「威儀，曲禮也。」蓋曲禮，少儀，內則之屬。

〔4〕解慍：《孔子家語‧辯樂解》：「昔者舜彈五絃之琴，造南風之詩，其詩曰：南風之薰兮，可以解吾民之慍兮。」

〔5〕和氣：《禮‧祭義》：「孝子之有深愛者，必有和氣。」注：「和氣，謂玄而

詘。」疏：「詘謂充詘，形容歡喜之貌。」

〔6〕九功：《書・大禹謨》：「九功惟敘。」《周禮・天官・大府》：「掌九貢九賦，九功之貳，以受其貸，貨賄之人。」注：「九功謂九職也。」

一七八、驪山下逍遙公舊居遊集

君子體清尚，歸處有兼資，雖然經濟日，無忘幽棲時，卜居舊何所，體澣嘗來滋，岑寂空人至，高深獲我思，松澗聆遺風，蘭林覽餘滋，往事誠已矣，道存猶可追，遺子後黃金，作歌先紫芝，明德有自來，奕世皆秉彝，豈與磻溪老，崛起周太師，我心希碩人，逮此問元龜，怊悵既懷遠，沈吟亦省私，已云寵祿過，況在華髮衰，軒蓋有迷復，丘壑無磷緇，感物重所懷，何但止足斯。

【校】

1. 詩題：全唐詩遊作游。
2. 休澣：嘉靖本作體澣。案：休澣，休假也。鮑照〈翫月城西門廨中詩〉：「休澣自公日，宴慰及私辰。」當以此爲是。
3. 空人至：祠堂本、四庫本、全唐詩、全唐詩稿本作罕人至，李補本作幽人至。
   案：空人不成辭，當作罕人至。
4. 高深：全唐詩、全唐詩稿本、白口本作幽深。案：高深者，形容山高且深，幽則指山幽靜而深，此處爲驪山下，宜以幽深爲是。
5. 覽餘滋：祠堂本作覺餘滋。案：松澗遺風以聆聽，蘭林餘滋當以覽爲是。
6. 磻溪：全唐詩稿本作谿。
7. 崛起：嘉靖本作掘起。案：崛起，興起，作崛起爲是。
8. 丘壑：四庫本、祠堂本作邱壑。

【註釋】

〔1〕驪山：見前三十首註4。
〔2〕逍遙公：北周韋敻，志尚夷簡，澹於榮利，所居枕帶林泉，蕭然自逸，明帝敕有司，日給河東酒一升，號之曰：消遙公，見《北史》本傳。
〔3〕經濟：經世濟民之意，此謂顯貴之日。《文中子・禮樂》：「皆經濟之道。」
〔4〕奕世：謂累世也。《後漢書・袁術術》：「奕世克昌。」注：「奕猶重也。」

〔5〕秉彝：謂人心所秉執之常道也。《詩‧大雅‧烝民》：「民之秉彝，好是懿德。」傳：「彝常也。」箋：「秉執也，民所執持，有常道。」疏：「人之情性，共秉於天，天不義忒，則人亦有常，故民所執持有常道也。」真德秀曰：「彝而言秉者，渾然一理，具於吾心，不可移奪，若秉執然。」

〔6〕磻溪老：謂周太公望也。溪在陝西省寶雞縣東南，一名璜河，又名凡谷，出南山茲谷，北流入渭水，溪中有泉曰茲泉，相傳周太公望垂釣於此而遇文王。

〔7〕周太師：周呂尚年老，隱於釣，文王出獵，遇於渭水之陽，與語大悅曰：吾太公望子久矣。因號太公望，載與俱歸立為師，為文王四友之一，武王尊為師尚父。

〔8〕碩人：謂隱士也。《詩‧衛風‧考槃》：「考槃在澗，碩人之寬。」箋：「有窮處成樂在於此澗者，形貌大人，而寬然有虛乏之色。」又謂大德也，《詩‧邶風‧簡兮》：「碩人俁俁。」傳：「碩人，大德也。」

〔9〕元龜：大龜也，古用以卜。《書‧大禹謨》：「禹官占，惟先蔽志。昆命于元龜。」

〔10〕紫芝：產于長平之習陽，其色丹紫，其質光曜。四皓採芝歌，漠漠高山深谷，逶迤曄曄，紫芝可以療飢。

〔11〕磷緇：磷，水在石間，緇，染黑，此謂仕官勢焰之熏灼，于丘壑中則無所有也。

一七九、祠紫蓋山經玉泉山寺

指塗躋楚望，策馬望荊岑，稍稍松篁入，泠泠澗谷深，觀奇逐幽映，歷險志嶇嶔，上界投佛影，中天揚梵音，焚香懺在昔，禮足誓來今，靈異若有對，聖先其可尋，高星聞逝者，遠俗是初心，蘚剝經行處，猿啼燕坐林，歸真已寂滅，留迹豈埋沉，法地自茲廣，何云千萬金。

【校】

1. 詩題：英華本作祠紫蓋山塗經玉泉諸山寺。
2. 策門：祠堂本、四庫本、英華本、嘉靖本、全唐詩、全唐詩稿本作策馬。案：策馬；鞭馬使進也，《論語‧雍也》：「將入門，策其馬曰：非敢後也，馬不進也。」《後漢書‧馮衍傳》：「厲以貪權，誘以策馬。」宜以策馬為

是。

3. 望荊岑：祠堂本、全唐詩、全唐詩稿本、英華本作傍荊岑。此本當改。案：首句已言躋楚望，於此則當以傍荊岑爲是。

4. 幽映：稿本作幽暎。

5. 歷險：四庫本作歷嶮。歷歷見前詩。英華本作歷幽。案：歷險涉險。

6. 志嶇嶔：全唐詩、全唐詩稿本、英華本作忘嶇嶔。案：志嶇嶔不通，當爲形誤。

7. 若有對：英華本作有時對。案：依上下句對仗則當作若有對。

8. 聖光：其可尋英華本作聖優眞可尋，全唐詩作神仙眞可尋，全唐詩稿本作神仙期可尋。案：「靈異」與「神仙」詞性相對，「若有對」與「眞可尋」詞性對。

9. 高星：祠堂本、四庫本、英華本、全唐詩、全唐詩稿本作高僧。案：高僧，乃指道行高者，作高星則義不通。

10. 聞逝者：英華本作問逝者。

11. 薜剝：全唐詩、全唐詩稿本、四庫本、英華本作薜駁。案：薜駁，指薜苔斑駁，《古今注》：「六駁山中有木，葉似豫章，皮多鮮駁。」

12. 遠俗：英華本作絕俗。

13. 燕坐林：英華本作宴坐林。

14. 留迹：英華本作留跡。案：迹亦做跡。

15. 埋沈：全唐詩、英華本作湮沈，全唐詩稿本作沈湮。案：湮沈：湮沒也。江淹〈恨賦〉：「含酸如歎，銷落湮沈。」

16. 懺在昔：祠堂本作懺往者。案：來今與往昔詞性相對，當作「往昔」爲是。

【註釋】

〔1〕紫蓋山：一在湖北當陽縣南五十里，葛洪嘗於此山穿井鍊丹，道書以爲第三十三洞天也。《荊州記》：「紫蓋山有名金，每雲晦日輒見金牛出食，光照一山，即金之精耳。」《唐書‧地理志》：「當陽有南紫蓋山，北紫蓋山。」

〔2〕玉泉山：《湖北通志‧卷九‧當陽縣山川》云：「玉泉山在湖北當陽縣西三十里。尊秀特聳，狀類覆船，其上老樹蒼冥，四季青翠，蔚接天光，故本名覆舟山，亦名堆藍山，世稱第三十三洞天，山下有玉泉寺。」

〔3〕佛影：佛姿也。王勃〈龍懷寺碑〉：「碻林聖跡，龍泉佛影。」

〔4〕梵音：佛之音聲也。《華嚴經》：「演出清靜，微妙梵音。」

〔5〕歸眞：佛家語，歸于眞如之地涅盤也。《四教儀》：「法唯一味，寂滅者歸
　　　眞。」按：歸眞與涅盤義同，故釋氏死多曰歸眞，猶云入涅盤也。

〔6〕寂滅：梵語涅盤之義，本體寂靜，離一切諸相，故云寂滅。《無量壽經》：
　　　「超出世間，深樂寂滅。」

一八○、冬中至玉泉山寺屬窮陰冰閑崖谷無景及仲春行縣復往焉故有此作

靈境信幽絕，芳時重暄妍，再來及茲勝，一遇非無緣，萬木柔可結，千花
敷欲然，松間鳴好鳥，林下流清泉，石壁開精舍，金光照法筵，真空本自
寂，假有聊相宣，復此灰心者，仍追巢頂禪，簡書雖有畏，身世亦俱損。

【校】

1. 詩題：冰閑：白口本作冰用，嘉靖本與此本同作冰閑，四庫本、英華本、
　　全唐詩、全唐詩稿本、祠堂本作冰閉。案：作水閑、冰用不可解，此處因
　　冬至，作冰閉崖谷為是。無景：全唐詩、全唐詩稿本、英華本、四庫本作
　　無色。以冬無景可觀，故仲春復行，作無景為是。

2. 開精舍：祠堂本、李補本作間精舍。案：間為形誤，當以開精舍為宜。

3. 巢頂禪：祠堂本、四庫本、嘉靖本、成化本、湛刊本、李補本、白口本、
　　全唐詩同此本，一本作巢頂樿。案：樿為形誤，當作禪。

4. 俱損：祠堂本、四庫本、英華本、嘉靖本、湛刊本、李補本、白口本作俱
　　捐、全唐詩、全唐詩稿本作相捐。案：以押韻當作捐為是。

5. 林下：英華本、全唐詩、全唐詩稿本作竹下。

【註釋】

〔1〕窮陰：極陰闇也。陰雲翳也。《詩‧邶風‧終風》：「曀曀其陰。」

〔2〕精舍：佛舍也。《晉書‧孝武帝紀》：「帝初奉佛法，立精舍於殿內。引諸
　　　沙門以居之。」

〔3〕法筵：說法之坐席也。《楞嚴經》：「法筵清眾，得未曾有。」

〔4〕眞空：佛家語，眞如之理性，離一切迷情所見之相，故云眞空。即法嚴所
　　　說三觀中之眞空觀，唯識所說之二空眞如也。

〔5〕假有：佛家語，謂因緣所生之法也。緣生之法，如鏡花水月，無有實性，
　　　然非如龜毛兔角之虛無，故對於眞如法性實有而云假有。

〔6〕簡書：謂戒命也，《詩‧小雅‧出車》：「豈不懷歸，畏此簡書。」《文選》
潘岳〈在懷縣作詩〉：「願言旋舊鄉，畏此簡書忘。」

一八一、郢城西北有大古塚數十觀其封域多是楚時諸王而年代久遠不復可識唯直西有樊妃塚因後人爲植松柏故行路盡知之

蘋藻生南澗，蕙蘭秀中林，嘉名有所在，芳氣無幽深，楚子初逞志，樊妃
嘗獻箴，能令更擇士，非直罷從禽，舊國皆湮滅，先王亦莫尋，唯傳賢媛
隴，猶結後人心，牢落山川意，蕭疎松柏陰，破墻時直上，荒徑或斜侵，
惠問終不絕，風流獨至今，千春思窈窕，黃鳥復哀音。

【校】

1. 詩題：英華本作郢城西北邊。大古塚，全唐詩作冢。樊妃冢，祠堂本、全
   唐詩稿本、英華本作樊妃塚。案：冢或作塚。
2. 賢媛隴：英華本作賢媛壠。案：壠一作隴。
3. 蕭疎：四庫本作疎，全唐詩作疏。英華本作蕭條。案：蕭疎，清疎貌。蕭
   條則有寂廖、凋零意，作蕭疎爲是。

【註釋】

〔1〕樊妃：《列女傳‧賢明》：「樊姬，楚莊王之夫人也，莊王即位，好狩獵，
   樊姬諫不止，乃不食禽獸之肉，王改過，勤於政事。」云云。頌曰：「樊
   姬謙讓，靡有妒嫉，薦進美人，與己同處，非刺虞丘，蔽賢之路，楚莊用
   焉，功業遂伯。」

〔2〕楚子初逞志：楚子指楚莊王，穆王子，名旅，時晉久弱，莊王滅庸，伐宋
   伐陳，圍鄭討陸渾戎，觀兵于周郊，周定王使王孫滿勞王，王問鼎之大小
   輕重，隱有圖周之志。

〔3〕隴：通壠。壠，冢也。《方言》：「冢，秦晉之間謂之墳，或謂之壠。」

〔4〕牢落：遼落也。《文選》司馬相如〈上林賦〉：「牢落陸離。」善注：「牢落
   猶遼落也。」又陸機《文賦》：「心牢落而無偶。」善注：「遼落也。」向
   注：「心失次貌。謂心曠然無所寄泊也。」

〔5〕惠問：美稱也。顏延之〈宋文皇帝元皇后哀策文〉：「惠問川流。芳猷淵塞。」
   注：「良曰：惠問：美稱也。」

【箋】

《彙編唐詩》:「唐云:題似可傳,詩寶庸調。陳沆曰:此章云惟傳賢媛隴,猶結後人心,彼此相形知爲一時感事所作,《列女傳》:楚莊王好獵,樊姬諫不止,乃不食禽獸之肉,王改過,勤於政事,王聽朝罷晏,姬問其故,王曰:與賢姬虞邱之語也,姬笑曰:虞邱子相楚十一年,未嘗進賢退不肖,可以爲賢乎,於是虞邱子進孫叔敖,三年而楚霸。《毛詩序》曰:關雎樂得淑女以配君子,憂在進賢,不淫其色,哀窈窕思賢才,而無傷善忘焉,此詩蓋感武惠妃之事,不然荊楚古蹟如林,何獨寄慨樊妃邪。」

一八二、戲題春意

一作江南守,江林三四春,相鳴不及鳥,相樂喜關人,日守朱絲直,年催華髮新,淮陽秪有臥,持此度芳辰。

【校】

　　1. 秪有臥:白口本、嘉靖本、全唐詩稿秪作秖。

【註釋】

　〔1〕關人:司關之吏也。《儀禮‧聘禮》:「及竟、張旜誓,乃謁關人。」注:「古者竟上爲關,以譏異服,識異言。」胡培翬正義:「關人之長,天子謂之司關,諸侯謂之關尹,猶天子有司門,諸侯謂之門尹也。」按《周禮‧地官‧司關》孫詒讓正義:「關人即司關,通長屬言之,故稱人。」

　〔2〕朱絲直:正直之朱絃也。《古詩》:「直如朱絲繩,清如玉壺冰。」

　〔3〕淮陽秪有臥:謂隱居也。《廣事類賦‧隱逸賦》:「漢書曰:應曜隱於淮陽山中,與四皓俱徵,曜獨不至,時人語曰:商山四皓,不如淮一老。」

　〔4〕芳辰:美好之時節也。春也,猶良辰。李嶠〈立春日詩〉:「早聞年欲至,剪綵學芳辰。」

　〔5〕華髮:老年之稱,一作花白之髮解。《後漢書‧邊讓傳》:「博選清英,華髮舊德,並爲元龜。」注:「華髮,白首也。」《資治通鑑‧唐紀》:「德宗,建中元年,有華髮者。」注:「髮中白者曰華。」

一八三、同綦母學士月夜聞鴈

棲宿豈無意,飛飛更遠尋。長途未及伴,中夜有遺音。月思關山路,風號流水琴。空聲兩相應,幽感一何深。避繳歸南浦,離群叫北林。聯翩俱不

定，憐爾越鄉心。

【校】

    1. 詩題：祠堂本、英華本、全唐詩稿本、四庫本作同綦母學士月夜聞鴈，全唐詩作綦母學士月夜聞雁。案：鴈，雁同。

    2. 長途：英華本作長塗。案：途與塗通，道路也。

    3. 未及伴：四庫本、全唐詩、全唐詩稿本作未及半。案：未及伴，指鴈失群孤飛，於義爲是。當從此本。

    4. 關山路：全唐詩、全唐詩稿本、四庫本、英華本作關山笛。案：下句爲「空聲兩相應」故此處宜以「關山笛」爲是。

【註釋】

    〔1〕月思關山路：《木蘭辭》：「關山度若飛……寒光照鐵衣。」《樂府題辭》：「關山月，傷離別也。」

    〔2〕流水琴：《呂氏春秋・本味》：「鍾子期又曰：善哉乎鼓琴，湯湯乎若流水。」

【箋】

    《彙編唐詩》：「鍾云：亦不用實字，悽切，字字深遠，老杜詠物諸作，得此法之妙，又云：深情妙理，觸物爲言。」

一八四、立春日晨起對積雪

忽對林亭雪，瑤華處處開。今年迎氣始，昨夜伴春廻。玉潤窗前竹，花繁院裏梅。東郊齋祭所，應見五神來。

【校】

    1. 林亭雪：嘉靖本、英華本作林庭。案：詩題爲晨起對積雪，作林庭則泛指庭園所積雪而言。

    2. 窗前：四庫本同此本，祠堂、全唐詩作窗前，英華本作牕前。

    3. 瑤華：英華本作瑤花。

    4. 齋祭所：湛刊本作齊祭所。案：齋祭：齋戒祭祀。齊，戒潔也，與齋同。

【註釋】

    〔1〕立春：節氣名，每年立春在二月四日或五日，即陰曆正月節。

    〔2〕瑤華：本爲稱美玉，稱花白如玉，此則以之喻雪也。白行簡〈沽美玉賦〉：「露瑤華之炯爾。」《楚辭・九歌・大司命》：「折疏麻兮瑤華。」

〔3〕東郊齋祭所：立春之祭於東郊：《書・君陳》：「命汝尹茲東郊。」《書・畢命》：「命畢公保釐東郊。」《禮・月令》：「立春三日天子親率三公，九卿，諸侯，大夫以迎春于東郊。」

〔4〕五神：《禮記・月令》：「五神為五帝之佐，即句芒，祝融，后土，蓐收，玄冥。」《南齊書・禮志・月令》云：「乃命百縣雩祀，百辟鄉土，則大雩所祭，惟應祭五精之帝而已，句芒等五神，既見五帝之佐，依鄭元說宜配食于庭也。」

一八五、庭詠梅

芳意何能早，孤榮亦自危。更憐花蒂弱，不受歲寒移。朝雪那相妒，陰風已屢吹。馨香雖尚爾，飄蕩復誰知。

【校】

1. 詩題：英華本作庭梅。
2. 花蒂：英華本作花帶。全唐詩、祠堂本作花蒂。案：蒂、蒂同。帶則為形誤。
3. 朝雪：英華本、四庫本作朔雪。案：朔雪指北地之雪，於義以「朝雪」為是。

【註釋】

〔1〕飄蕩復誰知：鮑照〈詠梅花詩〉：「可惜階下梅，飄蕩逐風廻。」

【箋】

《彙編唐詩》：「譚云：危字妙，以下接危字說到底。又云：梅詩如此，無聲無臭矣。雪滿山中，高士臥月，林下美人來，妙不可言。鍾云：馨香二字合用有情。又云：難於不作清態。唐云：此曲江罷相後作，讀落句可見危字說盡一生艱苦，不改歲已足標節，奈妒之者眾乎，唐初諸人，俱以詞勝，曲江獨以意勝，所以愈讀愈佳。」

一八六、照鏡見白髮聯句

宿昔青雲志，蹉跎白髮年。誰知明鏡裏，形影自相憐。

【註釋】

〔1〕青雲志：謂遠大之志願。王勃〈滕王閣序〉：「窮當益堅，不墜青雲之志。」

〔2〕蹉跎：言失時也。阮籍〈詠懷詩〉：「娛樂未終極，白日忽嗟跎。」

一八七、折楊柳

纖纖折楊柳，持此寄情人。一枝何足貴，憐是故園春。遲景那能久，流芳不及新。更愁征戍客，客鬢老邊塵。

【校】

1. 流芳：全唐詩、全唐詩稿本作芳菲。案：芳菲，謝朓〈休沐重還道中詩〉：「賴此盈罇酌，含景望芳菲。」於義爲是。

2. 持此：英華本作持取。

3. 鬢：嘉靖本作鬢。案：鬢爲鬢之俗體字。

【註釋】

〔1〕折楊柳：江總〈折揚柳〉：「萬里音塵，千條楊柳結。不悟倡園花，遙同天嶺雪。春心自浩蕩，春樹聊攀折。笑此依依情，無奈年年別。」

〔2〕纖纖：細微也。庚信〈微調曲〉：「纖纖不絕林薄。」《詩・魏風・葛屨》：「摻摻女手。」傳：「摻摻猶纖纖也。」

一八八、巫山高

巫山與天近，煙景嘗青熒。此中楚王夢，夢得神女靈，神女去已久，雲雨空冥冥，唯有巴猿嘯，哀音不可聽。

【校】

1. 嘗青熒：四庫本、英華本、祠堂本作常青熒。全唐詩、全唐詩稿本作長青熒。

2. 雲雨：英華本作白雲。案：此用巫山雲雨之典。當作雲雨爲是。

【註釋】

〔1〕巫山高：本漢《饒歌十八曲》之一，此則詠巫山也。巫山在四川省巫山縣，縣以山名，巴山脈之高峰也。形如巫字，故名。

〔2〕此中楚王夢，夢得神女靈：宋玉〈高唐賦序〉：「楚襄王夢遊高唐，有神女薦枕席，臨去自謂居巫山之陽。」

〔3〕雲雨空冥冥：宋玉〈高唐賦〉：「且爲行雲，暮爲行雲。」冥冥，《詩・小雅・無將大車》：「維塵冥冥。」

一八九、翦綵

姹女矜容色，爲花不讓春。既爭芳意早，誰待物華眞。葉作參差發，枝從點綴新。自然無限態，長在艷陽人。

【校】

1. 詩題：白口本、李補本、嘉靖本、全唐詩、全唐詩稿本作剪綵。案：翦與剪同。
2. 艷陽人：祠堂本、全唐詩、全唐詩稿本作艷陽晨。案：於義以「艷陽晨」爲是。

【註釋】

〔1〕姹女：少女也。《後漢書・五行志》：「河間姹女工數錢。」

一九〇、聽　箏

端居正無緒，那復發秦箏。纖指傳新意，繁絃起怨情。悠揚思欲絕，掩抑態還生，豈是聲能感，人心自不乎。

【註釋】

〔1〕秦箏：樂器，秦人之箏。《文選》曹植〈箜篌引〉：「秦箏何慷慨，琴瑟和且柔。」
〔2〕端居：平居，燕居也。
〔3〕繁絃：蔡邕〈琴賦〉：「繁絃既抑，雅韻乃揚。」
〔4〕人心自不平：《易・咸・象傳》：「聖人感人心，而天下和平。」

一九一、自君之出矣

自君之出矣，不復理殘機。思君如滿月，夜夜減容輝。

【註釋】

〔1〕自君之出矣：本爲《樂府詩集》樂府歌辭「自君之出矣。」漢徐幹有〈寶思詩〉五章，其第三章：「自君之出矣，明鏡暗不治，思君如流水」蓋起於此。

【箋】

陳沆曰：「知感遇十二詩，則知此詩矣。後人無病效顰，能無嫿乎！」《彙編

唐詩》：「鍾云：妙在不說出余垂髫時嘗作子夜歌，儂貌如烟花，今晨已非昨，先君甚嘆賞，今讀此覺說出儂貌便淺。」

一九二、荊州作二首

先達志其大，求意不約文。士伸在知巳，巳況仕於君。微誠夙所尚，細故不足云。時來忽易失，事往良難分。顧念凡近姿，焉欲殊常勳。亦以行則是，豈必素有聞。千慮且猶跌，萬緒何其紛。進士苟非黨，免相安得群。眾口金可鑠，孤心絲共棼。意忠仗朋信，語勇同敗軍。古劍徒有氣，幽蘭祇自薰。高秩向所忝，於義如浮雲。

【校】

1. 知巳：祠堂本、全唐詩作知巳。案：當以知己為是，巳為形誤。

2. 巳況：祠堂本作巳況。案：巳為形誤，當作已況。

3. 忽易矣：祠堂本、成化本、全唐詩、全唐詩稿本、李補本、白口本、嘉靖本、四庫本同此本，一本作忽易矣。案：「易失」與「難分」相對仗，矣為形誤。

4. 猶跌：祠堂本、四庫本、全唐詩、全唐詩稿本作猶失，嘉靖本同此本。案：此處用「千慮一失」之典故，故當以「猶失」為是。

【註釋】

〔1〕士伸在知己：《晏子·雜上》：「士者詘不知己而申乎知己。」

〔2〕細故：小事也。《漢書·匈奴傳》：「朕與單于皆捐細故。」

〔3〕以行則是：《中庸》：「是故君子動而世為天下道，行而世為天下法，言而世為天下則。」

〔4〕眾口金可鑠：謂輿論勢力之大也。《國語·周語》：「眾口鑠金。」注：「鑠，銷也。眾口所毀，雖金石猶可銷也。」

〔5〕孤心絲共棼：意謂苦心也。《後漢書·和熹鄧皇后紀》：「孤心煢煢，靡所瞻仰。」《左傳·隱公四年》：「猶治絲而棼之也。」

〔6〕語勇同敗軍：《吳越春秋·句踐入臣外傳》：「敗軍之將不敢言勇。」

〔7〕古劍徒有氣：任昉〈宣德皇后令〉：「劍氣凌雲，而屈跡於萬夫之下。」

〔8〕於為如浮雲：《論語·學而》：「不義而富且貴，於我如浮雲。」

【箋】

《彙編唐詩》：譚云：「此詩以虛字虛句乃能造古。」鍾云：「氣赴而健。」
唐云：「詩不言理而理在其中，若此作未免言理，豈是風雅妙境。」

一九三、其　二

千載一遭遇，往賢所至難。問余奚為者，無階忽上搏。明聖不世出，翼亮
非苟安。崇高自有配，孤陋何足干？遇恩一時來，竊位三歲寒。誰謂誠不
盡，知窮力亦殫。雖致負乘寇，初無挾術鑽。浩蕩出江湖，飜覆如波瀾。
心傷不林樹，自念獨飛翰。狗義在匹夫，報恩猶一飧。況乃山海澤，效無
毫髮端。內訟已慙沮，積毀今摧殘。胡為復惕息，傷鳥畏虛彈。

【校】

1. 飜：祠堂本、全唐詩作翻。
2. 雖致負乘寇：嘉靖本、全唐詩、全唐詩稿本作雖至。
3. 不林樹：四庫本、全唐詩稿本、全唐詩同此本。案：「不林樹」於義不通，當以不材樹為是。
4. 飧：全唐詩稿本、嘉靖本、全唐詩、四庫本作餐。案：飧或作餐。
5. 惕息：李補本作陽息。案：陽為形誤，於義不通，當作惕息。
6. 狗義：全唐詩、白口本、嘉靖本、南雄本作徇。

【註釋】

〔1〕千載：謂機會之難得。王羲之〈與會稽王箋〉：「遇千載一時之運。」
〔2〕上搏：《莊子・逍遙遊》：「搏扶搖而上者九萬里。」郭慶藩集釋：「文選江淹雜體詩注云：搏，圓也，圜飛而上行者若扶搖也。」
〔3〕翼亮：佐輔也。《三國志・魏志・高堂隆傳》：「可選諸士，使君國典兵，往往棊踌，鎮撫皇畿，翼亮帝士。」
〔4〕挾術鑽：挾持鑽營之術也。班固〈答賓戲〉：「商鞅挾三術以鑽孝公。」注：「鑽者，取必入之義。」
〔5〕飜覆如波瀾：喻世事之變遷也。陸機〈君子行〉：「休咎相乘躡，翻覆若波瀾。」飜，翻之俗字。
〔6〕報恩猶一飧：謂韓信報漂母事。《史記・淮陰侯傳》：「漢五年五月，信為楚王，召所從食漂母，賜千金。」
〔7〕毫髮：毫毛，喻細微也。《禮記・中庸》：「毛細精粗，無毫髮之不盡也。」

〔8〕憇沮：懷憇而沮喪也。謝靈運詩：「調笑輒酬答，嘲謔無憇沮。」

〔9〕積毀：謂受毀之甚，無以自存也。《漢書・鄒陽傳》：「眾口鑠金，積毀銷骨也。」

〔10〕惕息：恐懼貌。《漢書・司馬遷傳》：「視徒隸則心惕息。」注：「惕，懼也。息，喘息也。」又〈揚雄傳〉：「尚不敢惕息。」

〔11〕傷鳥畏虛彈：喻曾經禍患，遇事驚悸也。《晉書・苻生載記》：「傷弓之鳥，落於虛發。」

一九四、在郡秋懷二首

秋風入前林，蕭飂鳴高枝。寂寞遊子思，寤歎何人知。宦成名不立，志存歲已馳。五十而無聞，古人深所疵。平生去外飾，直道如不羈。未得操割效，忽復寒暑移。物清自古然，身退毀亦隨。悠悠滄江渚，望望白雲涯。路下霜且降，澤中草離披。蘭艾若不分，安用馨香為。

【校】

1. 蕭飂：全唐詩、四庫本作蕭瑟，見前詩。
2. 宦成：祠堂本、李補本作臣成，白口本作窜成。
3. 深所疵：白口本作疪，為形誤。
4. 操割效：稿本作効。
5. 物清：嘉靖本作物清。案：物情指自然界之變化如此，作物清於此不通。
6. 滄江渚：白口本作滄海渚。案：江渚：《詩・召南・江有汜》：「江有渚，之子歸，不我與。」
7. 路下：全唐詩、全唐詩稿本、白口本作露下。
8. 高枝：唐詩記事作寒枝。
9. 自古然：唐詩記事作有固然。

【註釋】

〔1〕蕭飂：《文選》王延壽〈魯靈光殿賦〉：「飂蕭條而清泠。」《楚辭・九辯》：「蕭瑟兮，草木搖落而變衰。」注：「秋風貌。」

〔2〕五十而無聞：《論語・子罕》：「四十五十而無聞焉，斯亦不足畏也。」

〔3〕直道：《書・洪範》：「王道正直。」

〔4〕離披：分散貌。宋玉〈風賦〉：「被麗披離。」

〔5〕蘭艾：《晉書·孔坦傳》：「蘭艾焚。喻貴賤賢愚，同歸於盡也。」

〔6〕馨香：《書·酒誥》：「弗惟德馨香祀，登聞于天。」蔡傳：「弗事上帝，無馨香之德以格天。」《書·呂刑》：「上帝監民，罔有馨香德。」《左傳·桓公六年》：「所謂馨香，無讒慝也。」注：「馨香之遠聞也。」

【箋】

按開元十五年丁卯，曲江五十歲，秋有在郡秋懷二首。本集卷五在郡秋懷其一云：五十而無聞，古人深所疵。陳沆曰：「公有荊州作一首云：進士苟非黨，免相安得群，眾口金可鑠，孤心絲共棼，即此身退毀亦隨之首也。」公薦周子諒為御史，子諒劾牛仙客，語援讖書被罪，公亦坐貶，故〈荊州詩〉云：「蓋當時以此毀公。」

一九五、其　二

庭蕪生白露，歲候感遲心。策蹇憊遠途，巢枝思故林。小人恐致寇，終日如臨深。魚鳥好自逸，池籠安所欽。掛冠東都門，採蕨南山岑。議道誠愧昔，覽分還愜今。無然憂成老，空爾白頭吟。

【校】

1. 掛冠：全唐詩、全唐詩稿本作挂冠。案：掛、挂同。

2. 無然：全唐詩、全唐詩稿本作憮然。案：憮然，悵然，失意貌。《論語·微子》：「夫子憮然曰：鳥獸不可與同群。」

3. 白頭吟：南雄本、白口本、嘉靖本、四庫本、全唐詩稿本、祠堂本同此本。

【註釋】

〔1〕庭蕪生白露：顏延之〈秋胡詩〉：「寢興日已寒，白露生庭蕪。」

〔2〕遲心：疏遠之心也。《詩·小雅·白駒》：「毋金玉爾音，而有遐心。」箋：「毋愛女聲音而有遠我之心。」

〔3〕策蹇：鞭策蹇馬也。《說文》：「蹇：跛也。」《楚辭·七諫·謬諫》：「駕蹇驢而無策兮。」溫斗昇〈為西河王謝太尉表〉：「拂羽決起，力謝摩天，策蹇載馳，功微送日。」

〔4〕巢枝思故林：〈古詩十九首〉：「越鳥巢南枝。思故鄉也。」

〔5〕掛冠東都門：掛冠謂辭官也。《後漢書·逢萌傳》：「王莽殺其子宇，萌謂友人曰：三綱絕矣。不去，禍將及人。即掛冠東都城門，歸將家屬浮海，

客於遼東。」

【箋】

　　陳沆曰：「荊州作次首云：胡為復惕息，傷鳥畏虛彈，即此恐致寇，如臨深之旨也。此二章本無煩箋解，取之以見公去位守郡後心事，亦以賦証此耳。」

一九六、郡府中每晨興輒見群鶴東飛至暮又列而返弄唳雲路其和樂焉予愧獨處江城常目送此意有所羨遂賦以詩

雲間有數鶴，撫翼意無遺。曉日東田去，霄煙北渚歸。讙呼良自適，羅列好相依。遠集長江靜，高翔眾鳥稀。豈煩仙子馭，何畏野人機？卻念乘軒者，拘留不得飛。

【校】

1. 詩題：輒，李補本、全唐詩稿本作輙，嘉靖本、南雄本作轍。案：輙為輒之俗字，作轍非是。郡府：全唐詩、全唐詩稿本作郡中。其和樂焉：祠堂本、全唐詩、全唐詩稿本、白口本作甚和樂焉。

2. 霄煙：祠堂本、四庫本作宵、全唐詩、全唐詩稿本作煙霄，白口本作霄烟。案：烟、煙同，霄、宵通。曉日與宵煙詞性對。

3. 讙呼：白口本、全唐詩稿本作懽呼，全唐詩、祠堂本作歡呼。案：讙、懽、歡同。

4. 無遺：四庫本、白口本、全唐詩、全唐詩稿本作無違。案：以押韻而言，以「無違」為是。

5. 自適：祠堂本、李補本作有適。案：「自適」與「相依」詞性對。

6. 仙子：四庫本、全唐詩稿本作僊子，白口本作儠子，儠為誤字。

7. 馭：祠堂本、四庫本、李補本、白口本、全唐詩、全唐詩稿本作馭。案：馭者駕馭，於義為是。

【註釋】

〔1〕唳唳：唳，鳥吟也。左思〈蜀都賦〉：「雲飛水宿，唳吭清渠。」《說文新附》：「唳，鶴鳴也。」鄭珍《說文新附考》：「謂鶴鳴曰唳。」《文選・舞鶴賦》注及謝朓〈敬上亭〉注引陸機：「欲聞華亭鶴唳，不可復得。」

〔2〕羅列：即羅陳也。《說文》：「瓅，玉英華，羅列秩秩。」《史記・司馬相如傳》：「鑽羅列聚叢以龍茸兮。」

〔3〕野人機：凡民未有爵祿者稱野人。

〔4〕乘軒：《左傳·閔公二年》：「二月，狄人伐衛。衛懿公好鶴，鶴有乘軒者。將戰，國人受甲者皆曰：使鶴，鶴實有祿位，余焉能戰？」

一九七、忝官二十年盡在內職及爲郡嘗積戀因賦詩焉

江流去朝宗，晝夜茲不捨。仲尼在川上，子牟存闕下。聖達有由然，孰是無心者。一郡苟能化，百城豈云寡。受禮誰爲羊，戀主吾猶馬。感初時不載，思奮翼無假。閑宇嘗自閉，沉心何用寫？攬衣步前庭，登陣臨曠野。白水生迢遞，清風寄瀟灑。言采芳澤多，終朝不盈把。

【校】

1. 嘗自閉：全唐詩作常自閉。李補本作嘗自閑。案：常，經常；嘗者，曾經。此處宜以常自閉爲是。

2. 閑宇：全唐詩作閒。

3. 遞：祠堂本、全唐詩、全唐詩稿本作遞。

4. 瀟灑：嘉靖本、全唐詩、白口本同此本。四庫本作蕭洒。案：蕭爲形誤，當作瀟。

5. 茲不捨：李補本、嘉靖本、全唐詩稿本、全唐詩作茲不舍。案：捨與舍通。

6. 言采芳澤多：嘉靖本、南雄本、白口本同此本，李補本作言采芳澤。案：願者每也，《詩·邶風》：「願言思子」當以願言采芳澤爲是。

7. 戀主：李補本作戀王。

【註釋】

〔1〕內職：居朝庭之官也。《後漢書·伏湛傳》：「光武即位，知湛名儒舊臣，欲令幹任內職，徵拜尚書。」

〔2〕晝夜茲不捨：《論語·子罕》：「子在川上曰：逝者如斯，不舍晝夜。」

〔3〕無心：《莊子·知北遊》：「無心而不可與謀。」《列子·仲尼》：「亦非無心者所能得近。」

〔4〕白水：謂水之清者。《文選》潘岳〈在懷縣作詩〉：「白水過庭激，綠槐夾門植。」

〔5〕愛禮誰爲羊：《論語·八佾》：「願愛其羊，我愛其禮。」

〔6〕戀主吾猶馬：曹植〈求自試表〉：「不勝犬馬戀主之情。」

〔7〕沈心何用寫：陸機〈漢高祖功臣頌〉：「袁生秀郎，沈心善照。」《詩・小雅・蓼蕭》：「我心寫兮。」按《玉篇》：「寫，盡也，除也。」

〔8〕願言：每言也。《詩・邶風・二子乘舟》：「願言思子。」傳：「每也。」

〔9〕終朝不盈把：言其惆悵寂寥之狀。《續晉陽秋》：「陶潛九日無酒，坐宅邊菊叢中，採摘盈把。」

【箋】

《張九齡年譜附論五種》：「開元十五年有爲郡守戀內職詩。」按九齡景龍元年丁未解褐援校書郎，至今年丁卯（開元十五年）正二十年。

一九八、初秋憶金均兩弟

江渚秋風至，他鄉離別心。孤雲愁自遠，一葉感何深。憂喜嘗同域，飛鳴忽異林。青山西北望，堪作白頭吟。

【校】

1. 白頭吟：祠堂本、全唐詩稿本、全唐詩、四庫本、嘉靖本、白口本、南雄本、李補本同此本。

【註釋】

〔1〕金均兩弟：曲江傳中，未見其名，以詩中憂喜嘗同域推之，或爲指九章九皋，金均或爲其字號之別名者。

〔2〕一葉感何深：謂秋意深也。《淮南子・說山》：「見一葉而知歲之將暮。」

【箋】

《彙編唐詩》：「鍾云：一葉字如此用覺寥落。」

一九九、二弟宰邑南海見群鴈南飛因成詠以寄

鴻鴈自北來，嗷嗷度煙景。嘗懷稻粱惠，豈憚江山永。小大每相從，羽毛當自整。雙鳧侶晨泛，獨鶴參霄警。為我更南飛，因書至梅嶺。

【校】

1. 鴈：全唐詩作雁。

2. 煙景：嘉靖本作烟景。

3. 霄：祠堂本、全唐詩、四庫本、全唐詩稿本作宵。

4. 侶晨泛：白口本作似晨泛。案：侶、伴侶，似爲形誤，當作侶爲是。

5. 叅：全唐詩作參。案：叅為參之俗體字。

【註釋】

〔1〕二弟宰邑南海：《新唐書》本傳與《舊唐書》本傳並云：「以其弟九皋，九章為嶺南刺史。」二弟指九皋九章。

〔2〕嗷咊：《詩·小雅·鴻鴈》：「鴻鴈于飛，哀鳴嗸嗸。」傳：「未得所安集，則嗷嗷然。」釋文：「本又作嗸。」

〔3〕雙鳧：謂漢王喬故事。喬於東漢顯宗時為葉令，每朔望朝帝，帝怪其數，令太使伺望之，輒有雙鳧從東南飛來，於是候鳧至羅之，但得所賜履焉。

〔4〕獨鶴叅霄警：《風土記》：「鶴性警，自八月白露降流于草葉，滴滴有聲，即高鳴相警，徙所宿處，慮有變害也。」

〔5〕因書至梅嶺：梅嶺一稱梅關，在江西省大庾嶺，為江西、廣東二省之分界，亦即指為嶺南斜坡外側高處的山嶺。宋之問〈題大庾嶺北驛〉：「陽月南飛雁，傳聞至此回，我行殊未已，何日復歸來？」

【箋】

《張九齡年譜附論五種》：「按九皋、九章為嶺南刺史，在去年（開元二十年）八月以後，今（開元二十一年）秋丁母憂解官，此後據九皋碑所敘官歷，方九齡在世之日，不復為嶺南守令，今題云：群燕南飛，必有去秋移官之後或今秋丁毋憂之前。

二○○、將發還鄉示諸弟

歲陽亦頹止，林意日蕭摵，云胡當此時，緬邁復為客。至愛孰能捨，名義來相迫。負德良不貲，輸誠靡所惜。一木逢廈構，纖塵願山益。無力主君恩，寧利客卿璧。去去榮歸養，撫然歎行役。

【校】

1. 頹止：白口本、南雄本、李補本作頹止。案：頹為頹之俗字。

2. 蕭摵：李補本作蕭摵、四庫本作蕭撼。案：以押韻言當作摵。蕭摵，蕭瑟也。

3. 廈構：四庫本、全唐詩、全唐詩稿本、白口本作廈構。案：搆若作結也、架也，則與「構」通。

4. 客卿璧：全唐詩、全唐詩稿本、四庫本作客卿璧。

5. 憮然：嘉靖本作撫然。案：憮然，悵恨貌。於義爲是。

【註釋】

〔1〕歲陽：以干支紀年，其十干曰歲陽。《史記·曆書》索隱引《爾雅·釋天》云：「歲陽者：甲、子、丙、丁、戊、己、庚、辛、壬、癸十干是也。」

〔2〕一木逢廈搆：謂力弱也。《中說·事君》：「大廈將顛，非一木所支也。」

〔3〕榮歸養：謂富貴後還鄉。《南史·劉遵傳》：「除南郡太守，武帝謂曰：令卿衣錦還鄉，書榮養之理。」

〔4〕緬邁：猶緬邈也。潘岳〈寡婦賦〉：「遙逝兮逾遠，緬邈兮長乖。」義與此同。

〔5〕不貲：言不限也。《晉書·傅玄傳》：「不得其人，一日則損不貲。」

〔6〕輸誠：獻納其誠心也。范成大〈節物詩〉：「香火婢輸誠。」

〔7〕憮然：失意貌。《一切經音義·九》：「憮然，失意貌也。」《後漢書·孔融傳》：「憮然中夜而起。」

〔8〕行役：謂跋涉在役也。《詩·魏風·陟岵》：「父曰：嗟于子行役，夙夜無已。」疏：汝從軍行役在道之時，當早起夜寐，无得已止。」

二〇一、敘懷二首（其一）

弱歲讀群史，抗迹追古人。被褐有懷玉，佩印從負薪。志合豈兄弟，道行無賤貧。孤根亦何賴，感激此為鄰。

【校】

1. 讀群史：全唐詩作請群史。案：於義以「讀群史」爲是。

【註釋】

〔1〕抗迹：謂極其高尚之行爲也。《楚辭·九章·悲回風》：「望大河之洲渚兮，悲申徒之抗迹。」

〔2〕被褐有懷玉：褐，賤者服，懷玉言不求世知也。《老子》：「知我者希，則我者貴，是以聖人被褐懷玉。」河上公章句：「被褐者薄外，懷玉者厚內。」《晉書·庾峻傳》：「山林之士，被褐懷玉，太上棲於丘園，高節出於眾庶。」

〔3〕佩印從負薪：《漢書·朱買臣傳》：「家貧好讀書，常艾薪樵……買臣獨行歌道中，負薪墓間……拜馬臣爲中大夫……衣故衣，懷其印綬。」

〔4〕孤根亦何賴，感激此爲鄰：《論語·里仁》：「德不孤必有鄰。」集注：「鄰，

猶親也，德不孤立，必有類應，故有德者，必有其類之，如居之有鄰也。」

二○二、其　二

晚節從卑秩，岐路良非一。既聞持兩端，復見挾三術。木瓜誠有報，玉楮論無實。已矣直躬者，平生壯圖失，去去忽重陳，歸來茹芝朮。

【校】

1. 岐路：祠堂本、四庫本作歧。
2. 芝朮：嘉靖本作芝本。

【註釋】

〔1〕兩端：《禮・中庸》：「執其兩端。」《論語・子罕》：「有鄙夫問於我，空空如也，我叩其兩端而竭焉。《史記・陵君傳》：「實持兩端以觀望。」

〔2〕三術：班固〈答賓戲〉：「商鞅挾三術。」注：「翰曰：三術，謂帝道、王道、霸道。」《漢書・敘傳》：「商鞅挾三術以鑽孝公。」注：「應劭曰：王霸、富國、強兵為三術也。」

〔3〕木瓜誠有報：《詩・衛風・木瓜》：「衛有狄難，齊桓公救而存之，衛人思欲厚而作是詩。」

〔4〕玉楮：《列子・說符》：「宋人有為其君，以玉為楮葉者，三年而成，豐殺莖柯。毫芒繁澤，亂之楮葉之中而不可別也。」此人遂以功食祿於宋邦，列子聞之曰：「使天地三年而成一葉，則物之有葉者寡笑。故聖人恃道化而不恃智巧。」

二○三、秋　懷

感惜芳時換，誰知客思懸。憶隨鴻向暖，愁學馬思邊，留滯機還息，紛挐網自牽。東南起歸望，何處是江天。

【校】

1. 向暖：全唐詩稿本作向煖。

【註釋】

〔1〕客思：客居之思也。陳子昂〈白帝城懷古詩〉：「川途去無限，客思坐何窮。」

〔2〕紛挐：《史記・霍驃騎傳》：「時已昏漢，匈奴相紛挐。」正義：「相牽也。」

二〇四、雜詩五首

孤桐亦胡為，百尺傍無枝。踈陰不自覆，修幹欲何施。高岡地復迥，弱植風屢吹，凡鳥已相噪，鳳凰安得知。

【校】

1. 踈：四庫本、嘉靖本作踈。全唐詩作疏。
2. 修幹：李補本、白口本、祠堂本、全唐詩稿本作脩幹。
3. 鳳凰：全唐詩同作鳳皇。

【註釋】

〔1〕孤桐：孤生之桐，喻其高材。《書・禹貢》：「羽犬夏翟嶧陽孤桐。」孔傳：「孤特也。嶧山之陽特生，桐中瑟瑟。」

〔2〕弱植：《左傳・襄公三十年》：「陳亡國也，其君弱植。」正義：「草木為植物，植為樹立，君志弱不樹立也。」

〔3〕凡鳥已相噪，鳳凰安得知：《世說・簡傲》：「嵇康與呂安善，每一想思，千里命駕，安後來，值康不在，喜出戶延外，不入，題門上作鳳而去，喜不覺，猶以為欣，故作鳳字凡鳥也。」本詩以凡鳥喻排己者，鳳凰喻玄宗皇帝。

【箋】

陳沆曰：「自言其守道自愚也，曰亦胡為。曰不自覆。曰欲何施，曰地復迥。曰風屢吹，曰安得知。皆自憫自怪之詞。」《楚辭》：「不撫壯而棄穢兮，胡不改乎此度，予固知謇謇之為患兮，忍而不能舍也。」

二〇五、其　二

蘿蔦必有託，風霜不能落。酷在蘭將蕙，甘從葵與藿。運命雖為宰，寒暑自廻薄。悠悠天地間，委順無不樂。

【校】

1. 蘿蔦：祠堂本作蘿鳥。
   案：沈約〈郊居賦〉云：「室闇蘿蔦，簷梢松恬。」
2. 廻薄：全唐詩作回薄。
3. 雖為宰：全唐詩、全唐詩稿本、湛刊本、嘉靖本作難為宰。

【註釋】

〔1〕蘿蔦必有託：《詩・小雅・頍弁》：「蔦與女蘿施于松柏。」鄭箋：「蔦寄生也。」

〔2〕葵與藿：皆植物之賤者，每借以爲下對上之辭。《文選》曹植〈求通親表〉：「若葵與藿之傾葉，太陽雖不爲廻光，然終向之者誠也。臣竊自比葵藿，若降天地之施，垂三光之明者，寔在陛下。」

二〇六、其　三

良辰不可遇，心賞更蹉跎。終日塊然坐，有時勞者歌。庭前攬芳蕙，江上託微波。路遠無能達，憂情空復多。

【校】

1. 塊然生：嘉靖本、南雄本作塊然生。案：塊然，獨處貌。《荀子・君道》：「塊然獨坐。」於義爲是。

【註釋】

〔1〕塊然：孤獨也。《漢書・陳湯傳》：「使湯塊然被冤拘囚，不能自明。注：「塊然，獨處之意。」

【箋】

陳沆曰：「文選注引韓詩內傳云：「饑者歌食，勞者歌事。詩人伐木，自若其事。洛神賦：無良媒以接歡兮，託微波以通辭。」

二〇七、其　四

湘水弔靈妃，班竹為情緒。漢水訪遊女，解佩無誰與。同心不可見，異路空延佇。浦上青楓林，津傍白沙渚。行吟至落日，坐望祇愁予。神物亦豈孤，佳期竟何許。

【校】

1. 弔：南雄本作弔。案：弔爲形誤。

2. 班竹：四庫本、嘉靖本、全唐詩、全唐詩稿本作斑竹。案：斑竹爲竹之有紫黑色斑文者，亦名湘妃竹。

3. 無誰與：全唐詩、全唐詩稿本、白口本作欲誰與。案：於義當作「欲誰與。」

【註釋】

〔1〕湘水弔靈妃：劉向《列女傳・有虞二妃》：「舜爲天子，娥皇爲后，女英爲

妃，舜陟方死於蒼梧，二妃死於江湘之間，俗謂之湘君。」

〔2〕班竹：有斑文之竹。亦名湘妃竹。《博物志》：「堯之二女，舜之二妃，曰湘夫人，舜崩，二妃啼，以淚揮竹，竹盡斑。」

〔3〕漢水訪遊女：《詩・周南・漢廣》：「漢有遊女，不可求思。曹植洛神賦：「從南湘之二妃，攜漢賓之游女。」注：「銑曰：游女，漢水神。」

〔4〕解佩無誰與：《列仙傳》：「江妃二女遊江濱，見鄭交甫遂解佩與之，交甫受佩去，數十步懷中無佩，女亦不見。」《楚辭・九歌・湘君》：「遺余佩兮醴浦。」

〔5〕同心：《易・繫辭上》：「二人同心，其利斷金。」《書・泰誓》：「同心同德。」

〔6〕行吟：步行而歌也。《楚辭・漁父》：「屈原既放，游於江潭，行吟澤畔。」

〔7〕神物：猶言神仙也。《史記・武帝紀》：「上欲與神通，宮室被服不象神，神物不至。」

【箋】

陳沆曰：「鮑照贈故人詩曰：雙劍將離別，先在匣中鳴。姻與交將夕，從此遂分形。雌沈吳江裡，雄飛入楚域，吳江深無底，楚關有崇扃。一為天地別，豈直恨幽明。神物終不隔，千祀儻還并。章末用此。

二〇八、其　五

木直幾自寇，石堅亦他攻。何言為用薄，而與火膏同。物累有固然，誰能取徑通。纖纖良田草，靡靡唯從風。日夜沐甘澤，春秋等芳叢。生性苟不天，香薧誰為中。道家貴至柔。儒生何固窮，終始行一意，無乃過愚公。

【校】

1. 石堅：南雄本作右堅。案：《詩・小雅》：「他山之石，可以攻玉。」右為形誤。

2. 物累：全唐詩、全唐詩稿本作物類。案：物累，為物所拘累。物類，萬物也。於義「物類」為是。

3. 不天：四庫本、白口本、全唐詩、全唐詩稿本作不夭。嘉靖本作不天。李補本作不天。

4. 香薧：祠堂本、全唐詩、全唐詩稿本、白口本作香臭。案：薧為臭的俗字。

5. 木直：全唐詩、嘉靖本、全唐詩稿本同此本。案：《莊子・山木》：「直木

先伐，甘井先竭。」當以木直爲是。

【註釋】

〔1〕木直幾自寇：《莊子‧山木》：「直木先伐，甘井先竭。」

〔2〕石堅亦他攻：《詩‧小雅‧鹿鳴》：「它山之石，可以攻玉。」注：「舉賢用滯，則可以治國。」

〔3〕火膏：膏火也。《莊子‧人間世》：「膏火自煎也。」司馬注：「膏火起，還自煎。」

〔4〕道家貴至柔：相逐順也。《書‧畢命》：「商俗靡靡。」

〔5〕甘澤：時雨，甘雨也。《後漢書‧孟嘗傳》：「于公一言，甘澤時降。」

〔6〕儒生何固窮：謂能安處困窮也。《論語‧衛靈公》：「君子固窮，小人窮斯濫矣！」

〔7〕愚公：如公之執一而行也。《列子‧力命》：「古有北公山愚公，年九十，欲平太行、王屋二山，對笑，公曰：我死有子，子又生孫，生又生子也。而山不加增，何苦而不平。操蛇之神聞之，告之於帝。帝命夸娥氏二子，負二山，一厝朔東，一厝雍南。」

【箋】

陳沆曰：「木直石堅四句，即所謂儒生何固窮也。纖纖良田草四句，即所謂道家貴至柔也。物類二句，言物各有本性，誰能邪曲以通他人之情乎？生性二句，言受命苟不得天，縱有馨香，亦何能中人之意也。此詩正言苟反，公有在郡秋懷詩云：蘭艾苟不分，安用馨香爲。又登荊州城樓詩云：直似王陵戇，非如寧武愚，皆同斯旨。」

二○九、故刑部李尚書挽歌詞三首

仙宗出趙北，相業起山東。明德嘗為禮，嘉謀屢作忠。論經白虎殿，獻賦甘泉宮。與善今何在，蒼生望已空。

【校】

1. 詩題：嘉靖本作送刑部李尚書挽歌詞三首。全唐詩、全唐詩稿本同此本。

【註釋】

〔1〕故刑部李尚書：《唐書‧李乂傳》：「乂，房子人，字尚眞，第進士茂才異等，長安中擢監察御史，劾奏無避，睿宗時累遷吏部侍郎，知制誥，請謁

不行，改黃門侍郎，太平公主干政，欲引乂自附，乂深拒絕，官終刑部尚
書，卒諡貞。」

〔2〕趙北：房子縣。戰國時趙邑，故曰趙北，唐時改名臨城，尋復曰房子。

〔3〕相業起山東：謂華山之東。《漢書‧趙充國‧辛慶忌傳贊》：「山東出相，
山西出將。」

〔4〕白虎殿：《漢書‧王商傳》：「單于來朝引見白虎殿。」注：「師古曰：『在
未央宮中。』」《後漢書‧楊終傳》：「詣儒于白虎觀論考同異焉。」

〔5〕獻賦甘泉宮：甘泉本秦離宮名，漢武帝復增廣之。楊雄曾作〈甘泉賦〉。《桓
譚新論》云：「雄作甘泉賦一首。」

二一○、其　二

宿昔三台踐，榮華駟馬歸。印從責瑣拜，翰入紫宸揮。題劍恩方重，藏舟
事已非。龍門不可望，感激涕沾衣。

【校】

1. 瑣：祠堂本作鎖，四庫本作瑣、李補本作瓚。案：瓚爲瑣之俗字，青瑣：
《漢書‧元后傳》：「曲陽侯根，驕僭僭上，亦壖青瑣。乃指古門窗之飾也。
當作瑣。」

【註釋】

1. 三台：漢代尚書、御史、謁者之總稱，尚書爲中台，御史爲憲台，謁者
爲外台。《後漢書‧袁紹傳》：「坐召三台，專制朝政。」

2. 駟馬：一車四馬也。《詩‧鄭風‧清人》：「駟介旁旁。」箋：「駟，四馬也。」

3. 責瑣：古門窗之飾。《後漢書‧梁冀傳》：「冀起大第舍，窗牖皆有綺疏青
瑣。」又元后傳注：「孟康曰：以青畫戶邊樓中，天子制也。師古曰：青
瑣者，刻爲連環文，而清塗之也。」

4. 紫宸：唐殿名。《唐六典》：大明宮北曰紫宸門，其內紫宸殿。」唐會要：
「龍朔三年四月，始御紫宸殿聽政。」

5. 藏舟：謂懷才而遠藏也。《莊子‧大宗師》：「夫藏舟于壑，藏山于澤謂之
固矣。然而夜半有力者，負之而走，昧者不知也。」

6. 龍門不可望：謂高名碩望之士望如龍門之不得登也。《後漢書‧李膺傳》：
「士有被其容者，名爲登龍門。」

二一一、其　三

永歎常山寶，沈埋京兆阡。同盟會五月，華表記千年。渺漫野中草，微茫空裏煙。共悲人事絕，唯對杜陵田。

【校】

1. 空裏煙：四庫本作空裏烟。

【註釋】

〔1〕永歎常山寶：常山之蛇，擊之則首尾相應。用以喻善用兵者。《孫子・九地》：「故善用兵者，譬如率然，率然者，常山之蛇也。」

〔2〕同盟會五月：《說苑・脩文》：「諸侯五月而葬，同會畢至。」

〔3〕華表記千年：《搜神後記》：「丁靈威，學道于靈虛山，後化鶴歸遼，集城門表柱，時有少年舉弓欲射之，鶴乃徘徊空中而言曰：有鳥有鳥丁靈威，去家千年今始歸，城郭如故人民非，何不學仙冢纍纍，遂高上沖天。」

〔4〕杜陵：亦曰樂遊原，在今陝西省長安縣東南，秦爲杜縣，漢宣帝築城葬此，因曰杜陵，並改杜縣爲杜陵縣。

二一二、故徐州刺史贈吏部侍郎蘇公挽歌詞三首

韋玄方繼相，荀爽復齊名。在貴兼天爵，能賢出世卿，學聞金馬詔，神見玉人情，藏壑今如此，爲山遂不成。

【校】

1. 詩題：英華本作故徐州刺史贈吏部侍郎蘇公輓詞。
2. 金馬詔：英華本作金馬縱。案：《漢書・蕭望之傳》：「堪令朋待詔金馬門。」當作金馬詔。
3. 玉人情：白口本、全唐詩、全唐詩稿本、四庫本作玉人清。案：玉人清者，指玉人之清華。於義爲是。此本並各本當改。

【註釋】

〔1〕徐州：古九州之一，今江蘇省西北部之銅山、豐、沛、蕭、碭諸縣及安徽省東北部之宿、泗諸縣皆其地。

〔2〕韋玄方繼相：喻其父子皆顯貴也。漢韋玄成，賢少子，字少翁。少好學，修父業，元帝時官至丞相，韋氏自韋孟以後皆以明經稱於時，賢與玄成，力顯成。故鄒魯問諺曰：「遺子黃金滿籯不如一韋。」

〔3〕荀爽：《後漢書・荀爽傳》：「爽字慈明，一名諝，幼而好學，年十二能通
　　春秋、論語，太尉杜喬見而稱之，曰：可爲人師，爽遂耽思經書。慶弔不
　　行，徵命不應，穎川爲之語曰：荀氏八龍，慈明無雙。」

〔4〕天爵：《孟子・告子》：「仁義忠信，樂善不倦，此天爵也。」江淹〈爲蕭
　　驃騎讓封第三表〉：「誣叨天爵，以爲己功。」

〔5〕世卿：世世爲卿也。《公羊傳・隱公三年》：「尹氏者何？天子之大夫也，
　　其稱尹氏何，貶。曷爲貶，譏世卿，世卿非禮也。」

〔6〕玉人：稱人之修美如玉。《晉書・裴楷傳》：「楷風神高邁，容儀俊爽，時
　　人謂之玉人。」《南史・謝晦傳》：「時謝混風華，爲江左第一，嘗與晦俱
　　在武帝前，帝目之曰：一時頗有兩玉人。」

〔7〕爲山遂不成：謂功業未竟如功虧一簣，不能成山。《書・旅獒》：「爲山九
　　仞，功虧一簣。」孔傳：「未成一簣，猶不爲山，故曰功虧一簣。」

二一三、其　二

相如只謝病，子敬忽云亡。豈悟瑤臺雪，分雕玉樹行。清規留草議，故事
在封章。本謂山公啟，而今歿始揚。

【校】

　1. 分雕：白口本、全唐詩、全唐詩稿本作分彫。案：雕與彫通。

【註釋】

〔1〕相如只謝病：司馬相如，漢成都人，景帝時爲武騎常侍，病免。成帝時以
　　獻賦通西南夷有功，拜孝文園令，又以病免。

〔2〕子敬忽云亡：《晉書・王獻之傳》云：「未幾獻之遇疾，家人爲上章，問其
　　有何得失，對曰：備憶于前妻郗曇女離婚事，俄而卒於官。」

〔3〕瑤臺雪：謝靈運〈雪贊〉：「權陋瑤臺，暫踐盈尺。」

〔4〕清規：清正之法律也。《晉書・王承傳論》：「安期英姿挺秀，籍甚一時，
　　雖崇勳懋績，有闕於旂常，素德清規，足傳於汗簡矣！」

〔5〕故事在封章：故事猶言舊事。封章，上章言事。《史記・三王世家》：「竊
　　從長老好故事者，取其封策書，編列其事而傳之。」《揮塵餘話》：「王文
　　穆守杭州，錢唐一老尉，蒼顏華髮，詢其履歷，乃同年生，遂封章於朝，
　　詔特改京秩尉。」以封章者，乃以囊封以進也。」

二一四、其　三

返葬長安陌，秋風簫鼓悲。奈何相送者，不是平生時。寒影催年急，哀歌助晚遲。寧知建旟罷，丹旐向京師。

【校】

1. 簫鼓：白口本、全唐詩稿本、全唐詩、嘉靖本作簫鼘。
2. 晚遲：四庫本作輓遲。
   案：晚遲指時間的遲暮，與「年急」相對仗。於義爲是。

【註釋】

〔1〕秋風簫鼘悲：謂秋風中助簫鼓之悲鳴也。鮑照〈出自薊北門行〉：「簫鼓流漢思。」

〔2〕寒影：謂寒霜催人也。蘇味道詩：「帶日浮寒影，乘風近晚威。」

〔3〕建旟：《說文》：「旟，旗名。旟，錯革畫鳥其上，所以進士眾。」《詩·鄘風·千旄》：「孑孑十旟。」

〔4〕丹旐：喪柩之旐也。《文選》潘岳〈寡婦賦〉：「飛旐翩以啓路。」

二一五、故滎陽君蘇氏挽歌詞三首

門緒公侯列，嬪風詩禮行。松蘿方有寄，桃李忽無成。劍去雙龍別，雛哀九鳳鳴。何言嶧山樹，還似半心生。

【校】

1. 詩題：英華本作故滎陽郡君蘇氏挽詞三首。
2. 半心生：南雄本作平心生。案：平爲形誤。

【註釋】

〔1〕滎陽：舊縣名，戰國韓滎陽。巴，秦末，楚漢嘗相持於此，漢既定鼎，始置爲縣，故治在今河南省成皋縣西南。

〔2〕劍去雙龍別：謂劍化雙龍而去。《晉書·張華傳》：「雷煥于豐城，得雙劍，送一與華，留一自佩，曰：靈異之物，終當化去，不永爲人服也。煥卒，子持劍行，經延平津，劍從腰間躍出，墜水，使人沒水取之，見兩龍各長數丈。」

〔3〕雛哀九鳳鳴：漢劉向作〈九歎〉以哀屈原，有哀枯楊之怨離。

〔4〕嶧山樹：嶧山在江蘇邳縣西南，亦名邳嶧、葛嶧。又曰：「嶧陽俗稱距山，

山多桐樹，製琴甚良。」《書‧禹貢》：「嶧陽孤桐。」

二一六、其　二

永嘆芳魂斷，行看草露滋。二宗榮盛日，千古別離時。竟罷生芻贈，空留畫扇悲。客車候曉發，何歲是歸期。

【校】

    1. 永嘆：祠堂本、全唐詩稿本作永歎。

    2. 生芻：全唐詩、全唐詩稿本作生芻。英華本作生香。案：《詩‧小雅》：「生芻一束，其人如玉。」當作生芻爲是。

    3. 客車：全唐詩、全唐詩稿本作容車。案：容車：死者所乘之車也。《後漢書‧祭遵傳》：「朱輪容車，介士軍陣送葬。」當以容車爲是。

【註釋】

    〔1〕草露滋：王粲〈從軍詩〉：「下船登高防，草露沾我衣。」王融〈三月三日曲水詩序〉：「桑揄之陰不居，草露之滋方渥。」

    〔2〕生芻贈：謂薄禮之贈。《詩‧小雅‧白駒》：「生芻一束，其人如玉。」陳奐〈詩毛氏傳疏〉：「芻所以委駒，託言禮所以養賢人。一束者，不以微薄廢禮也。」

    〔3〕空留畫扇悲：《宋書‧張邵傳》：「張敷生而母亡，數歲便知感慕，求母遺物，散施已盡，惟得一畫扇，乃緘錄之，每至感思，輒開笥流涕。」

二一七、其　三

縞服紛相送，玄扃翳不開。更悲泉火戚，徒見柳車廻。舊室容衣奠，新塋拱樹栽。唯應月照簟，潘岳此時哀。

【校】

    1. 縞服：全唐詩作編服。案：縞服，白色喪服。於義爲是。

    2. 泉火戚：南雄本同此本。案：泉火滅，謂丹泉之火已滅。戚爲形誤。

【註釋】

    〔1〕縞服：白色喪服也。《詩‧鄭風‧出其東門》：「縞衣綦巾。」《禮記‧王制》：「縞衣而養老。」

    〔2〕玄扃：《說文》：「玄黑色扃，外閉之棺。」

〔3〕泉火滅：謂丹泉之火已滅，而不得長生也。江淹〈雜體謝光祿郊遊詩〉：「始整丹泉術，終覯紫芳心。」

〔4〕柳車：車名。《史記‧季布傳》：「置廣柳車中。」集解引服虔曰：「東郡謂廣轍車爲柳。」

〔5〕新塋拱樹栽：《左傳‧僖公三十二年》：「爾木之墓拱矣。」注：「合手曰拱。」

〔6〕唯應月照簀：潘岳〈悼亡詩〉：「皎皎窗中月，照我室南端，……，展轉眄枕席，長簟竟牀空。」

二一八、眉州康司馬挽歌詞

家受專門學，人稱入室賢，劉禎徒有氣，管輅獨無年，謫去長沙國，魂歸京兆阡，徒來匣中劍，埋歿罷衝天。

【校】

1. 詩題：英華本作眉州康司馬輓歌。

2. 入室賢：全唐詩、全唐詩稿本、湛刊本、李補本、白口本、祠堂本、成化本、四庫本、英華本、南雄本同此本，一本人室賢，誤。案：《論語‧先進》：子曰：「由也，升堂矣，未入於室也。」當以「入室」爲是。

3. 劉禎：南雄本、李補本、白口本、四庫本、全唐詩、全唐詩稿本、祠堂本作劉楨。案：劉禎爲形誤，當以劉楨爲是。

4. 家受：英華本作家授。案：授、受通。

5. 從來：全唐詩、全唐詩稿本作從茲。案：於義當以「從茲」爲是。

6. 埋歿：全唐詩、全唐詩稿本作埋沒。案：歿、沒爲古今字。

【註釋】

〔1〕眉州：南朝梁置清州，後魏改曰眉州，治眉山縣，在今四川省，眉山縣。

〔2〕康司馬：司馬，官名。未詳康司馬爲何人。

〔3〕劉禎徒有氣：劉楨字公幹，山東東平人，三國魏時爲建安七子之一。曹丕《典論‧論文》：「劉楨壯而不密。」

〔4〕管輅獨無年：三國魏時平原人，字公明，幼喜觀星辰，通風角占相之道，清河太守華表召爲文學掾，正元初爲少府丞，自知不壽，果四十八而卒。

〔5〕謫去長沙國：謂其謫官長沙，有如賈誼。

〔6〕從來匣中劍，埋歿罷衝天：謂其生如寶劍之氣，歿而沈埋，紫氣已絕。雷次宗〈豫章記〉：「吳未亡，恆有紫氣見斗牛之間，及吳平，此氣愈明，孔章曰是寶物之精，上徹於天，以孔章爲豐城令，掘深二丈，得玉匣長八尺，開之得二劍，其夕斗牛不復見，孔章乃留其匣而進之，後張華遇害，此劍飛入襄城水中，孔章臨亡戒其子，恆以劍自隨，後其子爲建安從事，經淺瀨，劍忽于腰間躍出，變爲龍，見二龍相隨而逝。」

〔7〕入室賢：謂學問入於精奧也。《孔子家語》：「蓋入室升堂者，七十餘人。」《法言・吾子》：「賈誼升堂，相如入室矣！」

〔8〕京兆：地名。漢代京兆、左馮翊、右扶風，三輔帝室。唐開元三年，改京北郡爲京兆府。

二一九、題畫山水障

心累猶不盡，果爲物外牽。隅因耳目好，復假丹青妍。嘗抱野間意，而迫區中緣。塵事固已矣，秉意終不遷。良工適我願，妙墨揮巖泉。變化合群有，高深侔自然。置陳北堂上，倣像南山前。靜無戶庭出，行已茲地偏。萱草憂可樹，合歡忿亦蠲。所因本微物，況乃憑幽筌。言象會自泯，意色聊自宣。對翫有佳趣，使我心眇綿。

【校】

1. 對翫：全唐詩作對玩。案：翫同玩。

2. 眇綿：白口本、全唐詩、全唐詩稿本作渺綿。

【註釋】

〔1〕障：《說文》：「障，隔也。」即後世稱爲屏、中堂之類。

〔2〕心累：陸機〈歎逝賦〉：「解心累於末迹，聊優遊以娛老。」

〔3〕物外：深簡文帝〈仙山寺碑〉：「智周物外。」按物外猶云世外，佛家謂吾人所居之國土世界爲器世間，器即器物，故世外亦云物外。《開天遺事》：「王休高尚不親勢利，常與名僧數人或跨驢或騎牛，尋訪山水，自謂結物外遊。」

〔4〕區中緣：塵世之俗緣也，《文選》謝靈運〈登江中孤嶼詩〉：「想像崑山姿，緬邈區中緣。」

〔5〕萱草憂可樹：萱草又名忘憂。《本草綱目》引李九華〈延壽書〉云：「嫩苗

爲蔬，食之動風，令人昏然如醉，因名忘憂。」《詩‧衛風‧伯兮》：「焉得諼草，言樹之背。」諼即萱。

〔6〕合歡忿亦蠲：合歡，荳科，落葉喬木，葉爲複羽狀，入夜即合，故名，夏月開小花，可入藥。《本草‧合歡‧釋名》：「合昏夜合，青裳，萌葛，烏賴樹。」嵇康〈養生論〉：「合歡蠲忿，萱草忘憂。」《古今注‧草木》：「合歡樹，以梧葉繁互相交結，風來輒解，不相牽綴，樹之階庭，使人不忿。嵇康種之舍前。」

〔7〕微物：《韓非子‧外儲說‧左上》：「臣削者也。諸微物必以削之，而必大於前。」彌衡〈鸚鵡賦〉：「矧禽鳥之微物。」

〔8〕幽筌：猶冥筌也。江淹〈雜體詩〉：「一時排冥筌，冷然空中賞。」注：「筌捕魚之器。」

〔9〕言象會自泯：《說文新附》：「泯，滅也。」《詩‧大雅‧桑柔》：「靡國不泯。」傳：「泯，滅也。」疏：「釋詁云：泯滅盡也，俱訓爲盡，故泯得爲滅。」

二二○、讀書巖中寄沈郎中

素有巖泉辟，全無車馬音。溪流通海曲，洞豁廠軒陰。石几漁舟傍，沙灣鷗鷺臨。仙陶胡不至，野鶴恆自吟。慮定時觀易，泉深間撫琴。真有清涼處，不令炎熱侵。寄語吾知己，同來賞此心。

【註釋】

〔1〕沈郎中：《新唐書‧文藝傳》：「沈佺期字雲卿，相州內黃人及進士第，由協律郎，累除給事中考功，會張之敗，遂長流驩州，稍遷台州錄事，參軍事，入計得召見，拜起居郎，兼修文館直學士。」

〔2〕巖泉辟：《新唐書‧田游巖傳》：「高宗登華嵩山，親至其門，游巖野服出拜，帝曰：先生養道山中，比得佳否？游巖曰：臣所謂泉石膏肓，煙霞痼疾者也。」

【箋】

何譜云：「曲江集卷三有讀書巖中寄沈郎中詩，則鄉試時之賞識或有可能歟？」按此詩有寄語吾知己，同來賞此心之語，不類投座主者。明成化丘濬刻本曲江集及全唐詩均不載，惟祠堂本曲江集收之，蓋僞入，何氏據之

失檢。此本未收是也。

二二一、奉和聖製途次陝州作

馳道當河陝，陳詩問國風。川原三晉別，襟帶兩京同。後殿函關盡，前旌
塞路通。行看洛陽陌，光景麗天中。

【校】

> 1. 塞路：全唐詩作關塞，全唐詩稿本作關塞。案：關塞，即伊闕，亦名龍巾
> 山，在河南省洛陽縣南。當作關塞爲是。

【註釋】

> 〔1〕陝州：《讀史方輿紀要・河南・河南府》：「陝州，周爲周公召公分陝之所，
> 春秋虢國地，所謂北虢也，尋屬晉，戰國屬魏，又屬韓，後入秦，屬三川
> 郡，漢書宏農郡，魏晉因之，後魏置陝州及恆農郡，後周又置崤郡，隋初
> 郡廢。」
>
> 〔2〕國風：《詩・國風》集傳：「國者諸侯所封之域，而風者，民俗歌謠之詩也。」
> 《史記・殷本記》：「政事決定於冢宰，以觀國風。」
>
> 〔3〕川原三晉別：《書・禹貢》：「九川滌源。」川原同川源。春秋時韓趙魏三
> 家本皆仕晉爲卿，至戰國時，魏文侯斯，趙烈侯籍，韓景侯虔三家，分晉
> 各立爲國，是爲三晉，當今山西河南兩省及河北省西南部之地。
>
> 〔4〕襟帶兩京同：《史記・春申君傳》：「襟以東山之險，帶以曲河之利。」張衡
> 〈西京賦〉：「岩險周圍，襟帶易守。」謂形勢之回互接近，如襟如帶。兩
> 京指長安及洛陽。《新唐書・僕固懷恩傳》：「從王破賊於新店，以復兩京，
> 有殊功。」
>
> 〔5〕麗天：《易・離・象傳》：「日月麗乎天，百穀草木麗乎上。」《晉書・地理
> 志》：「景象麗天，山河紀地。」

二二二、登總持寺閣

香閣起崔嵬，高高沙板開。攀躋千仞上，紛詭萬形來。草間商君陌，雲重
漢后台。山從函谷斷，川向斗城迴。林裏春容變，天邊客思催。登臨信為
美，懷遠獨悠哉。

【校】

1. 總持：英華本作揔持。案：總、揔同。
2. 沙板：英華本作沙版。案：沙版：飾以丹京之軒版也。《楚辭・宋玉・招魂》：「裴帷翠帳飾高堂些，紅沙版玄玉浮些。」當以沙版爲是。
3. 台：英華本作臺。臺、台同。
4. 迴：英華本作回。

【註釋】

〔1〕總持寺：總持，佛家語，謂持善不失，持惡不生，無所漏忌之謂也。即梵語陀羅尼之譯文。總持寺其地未詳。

〔2〕雲重漢后臺：崔曙〈九日登望仙臺呈劉明府詩〉：「漢文皇帝有高台。」《一統志》：「望仙台在陝西三十里。」《神仙傳》：「河上公授（漢）文帝老子而去，失所在。帝於西山築台望之。」

〔3〕斗城：漢長安故城，在今陝西省長安縣西北，本秦宮，漢初建都於此，惠帝時重行修築，城南爲南斗星形，北爲北斗星形，及隋遷龍骨川。即今長安縣治，後世乃稱漢舊城曰斗城。

二二三、晚憩王少府東閣

披軒肆流覽，雲壑見深重。空水秋彌淨，林煙晚更濃。坐隅分洞府，簷際列群峰。窈窕生幽意，參差多異容。還慚太隱跡，空想列仙蹤。賴此昇攀處，蕭條得所從。

【校】

1. 空水：英華本作車水。案：於義以車水爲是。
2. 林煙：英華本作林烟。
3. 坐隅：英華本作座隅。
4. 洞府：英華本作洞浦。案：隋煬帝詩：「洞府凝玄液，靈山體自然。」洞府即仙人所居也。於義爲是。

【註釋】

〔1〕洞府：稱仙人所居曰洞府。隋煬帝詩：「洞府凝玄液，靈山體自然。」

〔2〕窈窕生幽意：《詩・周南・關雎》：「窈窕淑女，君子好逑。」傳：「窈窕，幽閑也，又深遠也。」《文選》郭璞〈江賦〉：「幽軋窈窕。」謝靈運〈山居賦〉：「濆沖間而窈窕，皆形容山水之幽深。」

〔3〕大隱：深隱也。《晉書・郗愔傳》：「論援高人以同志，抑惟大隱者歟。」

〔4〕列仙：漢劉向撰《列仙傳紀》：「古來仙人凡七十一人，人係以讚。」

二二四、洪州西山祈雨是日輒應因賦詩言事

茲山蘊靈異，走望良有歸。邱禱雖已久，虗心難重違。遲明申藻薦，先夕旅巖扉。獨宿雲峰下，蕭條人吏稀。我來不外適，幽抱自中微。靜入風泉奏，涼生松栝圍。窮年滯遠想，寸晷閱清暉。虛美悵無屬，素情緘所依。詭隨嫌弱操，羈束謝貞肥。義濟亦吾道，誠存為物祈。靈心倏忽已，甘液幸而飛。閉閣且無責，隨車安敢希。多慚德不感，知復是耶非。

【校】

1. 詩題：英華本作西山祈雨是月輒因賦詩言事。
2. 巖扉：英華本作嵓扉。
3. 邱禱：英華本、全唐詩稿本作立禱。
4. 詭隨：英華本作遭隨。案：詭隨：《詩・大雅》：「無縱詭隨，以謹無良。」詭隨為譎詐謾斯之人。當以詭隨為是。
5. 雖已久：英華本作亦已久。案：此處作雖已久為是。
6. 倏已應：英華本作歘以應。

【註釋】

〔1〕洪州西山：《讀史方輿紀要・江西》：「南昌府云云，隋平陳，廢郡置洪州，煬帝復改為豫章郡，唐武德五年，平林士宏，復為洪州，即南昌縣。」《元和郡縣圖志・卷二十八》云：「洪州因洪崖井而得名，同治十六年修南昌府志卷二新建縣山云：西山在縣治西章江外三十里……水經注作散原山，云：散原山疊障四周，杳邃有趣，晉隆安末，沙門竺曇顯建精舍於山南，西北五六里有洪井，飛流懸注，其深無底，舊說洪崖先生之井也。」

〔2〕祈雨：《詩・小雅・甫田》：「以祈甘雨。」《晉書・禮志》：「武帝咸寧二年，春分久旱，四月丁巳，詔諸旱處，廣加祈請，五月庚午，始祈雨於杜櫻山川。六月戊子，獲澍雨，此雩之舊典也。」

〔3〕走望：《左傳・昭公十八年》：「卜筮走望，不愛牲玉。」會箋：「二十六年並走其望，以祈王身，七年並走群望，望祭山川，故為望也。」

〔4〕邱禱雖已久：《論語・述而》：「子曰：丘之禱久矣。」

〔5〕畆心：畆心，民心也。《說文》：「畆，田民也。」《漢書·孔光傳》：「重違大臣正義。」謝承《後漢書》：「揚賜讓還侯爵，朝廷重違其志。」

〔6〕遲明：《史記·衛將軍驃騎列傳》：「遲明二百餘里。」《漢書·高帝紀上》：「沛公乃夜引軍從他道還，偃旂幟，遲明圍宛城三帀。」注：「文穎曰：遲未也，天未明之頃。師古曰：言違城事畢，然後天明，明遲於事，故曰遲明。」王先謙補注：「王念孫云：今本史記遲作黎。索隱：黎猶比也。謂比至天明也。」黎遲聲相近，故漢書作遲，黎明，遲明皆謂比盟也。

〔7〕松栝圍：栝，木名。《書·禹貢》：「杶榦栝柏。」傳：「柏葉松身曰栝。」按即檜也。《集韻》：「檜柏葉松身或作栝。」

〔8〕寸晷：潘尼〈為賈謐作贈陸機詩〉：「寸晷難寶，豈無璵璠。」寸晷猶寸陰也。

〔9〕虛美：虛譽也，《漢書·路溫書傳》：「虛美熏心。」《後漢書·祭祀志》：「盛稱虛美。」

〔10〕素情：平素之情志也。《後漢書·陰瑜妻傳》：「素情不遂，奈何乃命使建四燈、盛裝飾。」

〔11〕詭隨：《詩·大雅·民勞》：「無縱詭隨，以謹無良。」傳：「詭隨，詭人之善，隨人之惡。」馬瑞辰云：「詭隨為譎詐謾欺之人。」

〔12〕羈束謝貞肥：謂恭謹禮拜以謝神恩之降雨。羈束，拘束也，《後漢書·張升傳》：「任情不羈。」注：「不羈，謂超絕等倫，不可羈束也。」《近思錄·存養》：「四體不待羈束而自然恭謹。」貞，卜也。肥，沃也。

〔13〕隨車：《後漢書·鄭弘傳》注：「謝承書曰弘消息繇賦政不煩苛行，春大旱，隨車致雨。」後因假此以稱良吏之德澤及人者。

【箋】

1. 祠堂本曲江集卷三錄此首。叢刊本、四庫本、成化本、湛刊本、李補本均不錄。按溫汝适《曲江集考證》卷下云：「文苑英華內曲江遺文，亦見唐文粹。」

2. 《彙編唐詩》：「鍾云：排律中帶些古詩，非初唐高手不能，意脈原遠本難於輕透，然與其隔一層鬱而不快，反不如輕透之作，欲免此病，須著心看此等作。唐云：不敢貪天，反覆推敲與反風滅火者一般心腸。」

二二五、答王維

荊門憐野鴈，湘水斷飛鴻。知己如相憶，南湖一片風。

【註釋】

〔1〕王維：王維字摩詰，河東人，開元九年進士第，天寶末爲給事中，安祿山陷兩都，維爲賊所得，服藥陽瘖，困于菩提寺。祿山宴凝碧池，維潛賦詩悲悼，聞于行在，賊平，陷賊官三等定罪，特原之，責授太子中允，後仕至尚書右丞，晚年長齋奉佛，卒年六十一。

〔2〕荊門：《水經注》：「荊門虎牙二山，楚之西塞水勢急峻。」案荊門山在湖北省西北五十里，大江南岸，與北岸虎牙山相對，上合下開，爲大江絕險處，江淹有〈望荊山〉及〈渡西塞望江上〉諸山詩。

〔3〕南湖：南方之湖。按曲江詩所謂南湖，疑有三義：（一）武昌縣南有南湖（二）江陵縣南有南湖（三）長沙縣南有南湖，又名東湖。皆曲江所歷官之地。

第二章 《曲江集》評論

一、張九齡詩中的植物

　　中國詩人非常喜歡留心於周遭的一草一木，詩人們從草木中領略可爲人類摹倣學習的長處，以作爲立身處世的借鏡，因而草木的特性成爲比興的最佳對象，如最早的詩歌總集《詩經‧何彼襛矣》詩云：「何彼襛矣，華如桃李，平王之孫，齊侯之子。」藉著桃李來興詠。《楚辭》云：「扈江離與辟芷兮，紉秋蘭以爲佩。」言己修身清潔，取江離、辟芷等香草爲衣被，紉索秋蘭以爲佩飾，博采眾善以自約束。「朝飲木蘭之墜露兮，夕餐秋菊之落英。」以飲香木之墜露，食芳菊之落英，喻志行的高節。由上釋例即可看出詠物諸作在早期文學中已被大量使用。曲江詩中藉著植物來比興者非常多，僅就所引之植物而言，即有四十餘種，常出現的植物則有松、竹、桂、芍藥、芝朮、葵藿、蘭、楊柳、梅、蔦蘿等。曲江在詩中除了喜歡佈置一些植物爲點綴外，更欲藉著植物來表現其內心世界。

（一）在宦途不得意時，曲江常藉著植物，表現其欲歸居田園的夢想

　　例如：

> 往來是無妄。爲邦復多幸，去國殊遷放。且汎籬下菊，還聆郢中唱。
> 灌園亦何爲，於陵乃逃相。（〈九月九日登龍山〉）

　　曲江此詩之作，左遷爲荊州大都督府長史任內，從宰相的地位而遭致謫外放，其所受的挫折與打擊可謂相當大，尤其是曲江此時已年屆六十，再也激不起如往日般的熱情，心中所嚮往的是陶淵明「採菊東籬下，悠然見南山。」

那份田園生活的悠閒，故於詩亦情不自禁發出「且泛籬下菊，還聆郢中唱。」的心聲。又如〈登郡城南樓〉。

> 平生本單緒，邂逅承優秩。謬忝爲邦寄，多斬理人術。駑鉛雖自勉，
> 倉廩素非實。陳力儻無效，謝病從芝朮。

芝草，古人以爲是瑞草，服用可以成仙；朮乃山薊，亦爲藥用，以芝朮來醫治現實上的挫敗，芝朮亦即成爲歸居田園的象徵；開元十五年左右，曲江出任洪州刺史，在此以前，曲江無時不爲朝廷盡忠，然而不幸因玄宗態度的轉換，而使其宦途常有浮沈。本詩作於曲江任中書舍人加中散大夫時。由於張說的罷相，使其受到牽連，而被外放爲洪州刺史，從內職京官外放，曲江有著難以宣洩的鬱結，「謝病從芝朮」即是在此種宦途挫敗失意之餘，所產生歸居田園的念頭，再看〈敘懷詩〉云：

> 晚節從卑秩，岐路良非一。既聞持兩端，復見抉三術。木瓜誠有報，
> 玉楮論無實。已矣直躬者，平生壯圖失。去去勿重陳，歸來茹芝朮。

此詩約作於曲江被貶爲荊州長史時，曲江目睹朝廷已爲李林甫、牛仙客之輩群小所把持，自己滿腔的熱誠，卻不爲玄宗所俾重，壯志已消磨殆盡，既無心戀棧，自當歸來閉關，享受田園家居之樂。

（二）藉著植物來表現自己高節的志行

曲江常以蘭所象徵的巖穴隱士，空谷佳人來自況。例如〈臨泛東湖詩〉云：

> 梁公世不容，長孺心亦褊。永念出籠摯，常思退疲蹇。歲徂風露嚴，
> 日恐蘭苕剪。佳辰不可得，良會何其鮮。罷興還江城，閉關聊自遣。

《楚辭》中有句「紉秋蘭以爲佩」是屈原自此志行的高節，而本首臨泛東湖詩，爲曲江出任洪州刺史時作，佳辰良會難得，亦如蘭苕的難獲，政治的無情，就似風霜嚴露；世事的變化，宦途的升騰泛紬，實非僅靠一己之勤謹即可達到目標，曲江參透此層後，因而有「永念出樊籠，常思退疲蹇」的念頭；恐懼冷冽的風霜，使蘭苕時有被摧折的憂慮，此處之蘭苕即爲曲江自況，又如〈驪山下逍遙公舊居遊集〉詩云：

> 君子體清尚，歸處有兼資。雖然經濟日，無忘幽棲時，……。松間
> 聆遺風，蘭木覽餘茲。往事誠已矣，道存猶可追。

曲江與太師徐國公、左丞相稷山公等人於逍遙谷讌集，時曲江正爲右丞相，面對逍遙公舊居自然感慨良深，故其云：「雖然經濟日，無忘幽棲時」隨時

提醒自巳；同時亦領悟到政治上的白雲蒼狗，變化莫測；遠不如在植滿松樹的溪澗，與幽谷中蘭的芬香爲愜意。藉著松、蘭以象徵一位隱士高潔的品格。再看〈感遇詩〉之十云：

> 漢上有游女，求思安可得。袖中一書札，欲寄雙飛翼。冥冥愁不見，
> 耿耿徒緘憶。紫蘭秀空蹊，皓露奪幽色。馨香歲欲晚，感歎情何極。
> 白雲在南山，日暮長太息。

此處以游女居水中央而不可攀，欲藉著飛鳥傳遞自己的赤誠；然而蒼天冥冥，卻不見一隻鳥兒。在空谷中的幽蘭，猶被露珠奪去了它的光彩；目睹此景，情何以堪？只有對著南山的白雲，徒自歎息。以幽植的蘭花爲君子的象徵，而皓露則成了當道的小人。又如〈荊州作〉：

> 眾口金可鑠，孤心絲共棼。意忠杖朋信，語勇同軍敗。古劍徒有氣，
> 幽蘭祇自薰。高秩個所忝，於義如浮雲。

曲江一生爲國舉賢，然而朝廷卻爲群小所圍繞；縱有古劍的英氣，幽蘭的芬芳，亦只會爲小人所排擠。又在〈郡秋懷〉云：

> 露下霜且降，澤中草離披。蘭艾若不分，安用馨香爲？

也是在爲蘭獨自吐露芬芳，抱著高潔的志行而悲歎。除了蘭外，竹亦是曲江所喜用的植物之一；竹性的虛心、忠貞，亦使聯想到君子。試看〈和黃門盧侍郎詠竹〉云：

> 清切紫庭垂，葳蕤防露枝。色無玄月色，聲有惠風吹。高節人相重，
> 虛心世所知。鳳凰佳可食，一去一來儀。

竹中空有節，喻君子有操守，爲人所敬重。竹的等待鳳凰來食，就如高士等待賢君之擇用。此詩爲曲江任左拾遺之時作，彼時滿懷熱誠，以竹自此，企盼獲得君上的青睞，一展長才。又如〈答陳拾遺贈竹簪〉詩云：

> 與君嘗此志，因物復知心。遺我鍾龍節，非無玟瑁簪。……，爲君
> 安首飾，懷此代兼金。

竹的意志堅貞不移，竹的內心謙虛正直，正是曲江所秉持的志節。

（三）藉著植物來表現自己忠君體國的赤誠與堅貞不移的本心

例如〈酬周判官巡始興會改秘書少監見貽之作業呈耿廣州〉云：

> 心息已如灰，跡牽且爲贅。忽捧天書委，將隔海隅弊。朝聞循誠節，
> 夕飲蒙瘴癘。義疾恥無勇，盜憎攻亦銳。葵藿是傾心，豺狼何返噬。
> 履險甘所受，勞賢悉相曳。

〈郡舍南有園畦雜樹聊以永日詩〉云：

> 爲郡久無補，越鄉空復深。苟能秉節，安用叨華簪。卻步園畦裡，
> 追吾野逸心。形骸拘俗吏，光景賴閒林。……。衛足感葵陰，榮達
> 豈不偉。

葵的特性的傾葉向日，不使照其根。曲江赴廣州巡行時，一路險惡環生，然其一心爲國的亦誠，從使使其赴湯蹈火，亦不退縮，故云：「葵藿是傾心，豺狼何反噬。」以葵藿向陽來表明曲江爲君效忠的心跡。又如〈感遇詩〉之六云：

> 江南有丹橘，經冬猶綠林。豈伊地氣暖，自有歲寒心。可以薦嘉客，
> 奈何阻重深，運命惟所遇，循環不可尋。徒言樹桃李，此木豈無陰。

楚辭中有橘賦，而曲江亦藉著江南丹橘來表現橘樹耐寒而堅貞的本心，更自況節操堅貞；無奈山川阻隔得重重深遠，而使人無法欣賞到它的甘美與堅貞，令人婉惜。

（四）藉著植物流露出懷材不遇的孤獨

試看〈雜詩〉之一云：

> 孤桐亦胡爲，百尺傍無枝。棟陰不自覆，脩幹欲何施。高岡地復迥，
> 弱植風屢吹，凡鳥已相躁，鳳凰安得知。

本詩寫梧桐等待鳳凰，爲了長久的等待，而腹的只剩下一脩幹。弱幹挺出在高岡上，任憑強風吹襲。最可恨的是許多凡鳥一直繞著樹噪鳴，梧桐爲了等待鳳凰所受的苦難，鳳凰又何能察覺呢！曲江晚年飽受譏譭，終其一生其默默肩挑苦難，就如同孤桐等待鳳凰所忍受的孤寂。又如〈庭梅詠〉：

> 芳意何能早，孤榮亦自危。更憐花蒂弱，不受歲寒移。朝雪那相妒，
> 陰風已屢吹。馨香雖尚爾，飄蕩復誰知。

梅爲報春的使者，就如同「風雨如晦」中爆出的第一聲雞鳴。梅花總是在萬花之先綻放，看枝枝惹人憐愛的花蒂，居然能衝寒犯雪，保持其迥然出群的風格。此處曲江以朝雪相妒象徵小人心胸之狹窄，以梅花不喻自己，雖然有令人羨慕的芬芳氣息，但是當凜冽的寒風屢吹不停時，那份孤獨之感，又有誰知呢！再看園中時蔬盡階鋤理，唯秋蘭數本委而不顧，一彼一物有足悲者，遂賦二章，詩云：

> 場藿已成歲，園葵亦向陽。蘭時獨不偶，露節漸無芳。旨異菁爲蓄，
> 甘非蔗有漿。人多利一飽，誰復惜馨香？

曲江以園中葵藿皆成長，惟獨蘭卻逐漸消失芳色；世人皆以利飽爲目的，因此僅管以蘭般散發著芬芳，亦因無功利價值而忽略；曲江以蘭自喻處在群小環繞下，不知阿諛迎合，以致雖有馨香，卻無何用；藉著蘭的孤獨不偶，亦表現出曲江懷材不遇時孤寂的心靈。

（五）藉著植物來表現飄泊游子對家園友人的思念

例如折楊柳詩云：

> 纖纖折楊柳，持此寄情人。一枝何足貴，憐是故園春。遲日那能久，
> 芳菲不及新。更愁征戍客，客鬢老邊塵。

用楊柳表現對親人、友人的思念；雖然僅是一枝，但亦使人想起故園的春綠，自己飄泊在外，做一個征戍客，益發感受那雪白的鬢髮，驚覺自己已是垂老之人。以楊柳引動在外游子的思愁。

中國詩中，最善用託物起興的手法，擬人自況。曲江詩中的植物世界是曲江用生命與心靈的全然投入，因而各種植物才能成功的反映出其主觀的心境及思想傾向。例如〈雜詩〉之二首云：

> 蘿蔦必有託，風霜不能落。酷在蘭將蕙，甘從葵與藿。運命雖爲宰，
> 寒暑自迴薄。悠悠天地間，委順無不樂。

攀附在枝幹上蘿蔦，雖其本身柔弱易摧，但因所倚靠的植物堅固，故縱有風霜也不能使它摧折；而酷愛蘭蕙芬芳的，則顯示出其志行高潔。藉葵藿則表現忠貞不渝的操守。從此首詩亦可看出，曲江筆下的植物，各個都有生命，也都足以表現出曲江的內心世界，令人藉著不同的植物，與曲江的心靈相互共鳴。

二、張九齡的感懷詩

按《毛詩・序》云：「詩者，志之所之也。在心爲志，發言爲詩。情動於中而形於言；言之不足，故嗟歎之；嗟歎之不足，故永歌之；永歌之不足，不知手之舞之，足之蹈之也。」根據這句詩言志的理論，中國詩人常常不僅以客觀度描寫或表現自然，也常藉著自然界的各種景象，來依託自己的情感，而對自己與自然交融在一起，如詩經將人類日常的掛慮和切身的研求，楚辭中慷慨激昂的渲洩心靈的焦慮，慘戚、研感、憤懣等，皆藉著山川、植物、歷史人物來抒發、感懷、使整首詩呈現動人的風貌，而令讀者唏噓不已。

　　從整部曲江詩集而言，除了酬和之作外，題爲詠史，感遇、懷古、秋懷、感懷之作不少，這類詩大部分作於曲江二次外放作官，及歸隱之時，政治生涯所遭受的挫折與打擊，奮鬥不懈的執著、深痛的感慨，使曲江感懷詩大放異彩。明人丘瓊台先生〈和曲江感遇詩〉云：

　　　南極有名士，風度邈難得。鴟梟群刺天，孤鳳戢其翼。詔又佳山水，
　　　因之增秀色。班班青史間，流芳靡終極。莊誦感遇詩，臨風三歎息。

曲江〈感遇詩〉之四云：

　　　孤鴻海上來，池潢不敢顧。側見雙翠鳥，巢在三珠樹。矯矯珍木顛，
　　　得無金丸懼。美服患人指，高明逼神惡。今我遊冥冥，弋者何所慕。

此詩之作於罷相之際，託孤鴻以自此，言鴻自海上來，畏池潢而不敢顧，此時已見雙翠鳥巢於三珠樹，蓋指林甫、仙客據三公位。因言此木之巔，眾所矚目，亦將難免於彈丸，而自己恬於隱退，無爭於朝，彼二人，又曷爲嫉妒。整首詩藉著孤鴻，雙翠鳥，而將曲江在政治生涯之處境，憂讒畏譏的心情表露無遺。由此觀曲江感懷諸詩，在情感宣洩上可謂已達於至深至醇之境，也就是因其一生執著於儒家處世熱誠的態度，勤勤睠睠忠心爲國，在遭受到不如意時，所發出「才不爲時用」的感慨才能深刻。明高棟《唐詩品彙》卷二本集序云：

　　　曲江公詩，其言造道，雅正沖澹，整合風騷。

高棟所指體合風騷，當即是指曲江感懷諸詩。曲江在被外放洪州，荊州期間，常抑鬱不得志，以山川、人物興詠賦歎，比比皆是，論人品詩味，則皆足以爲李唐時代之離騷。在其〈酬周刺史判官巡至始興會改秋書少監見貽之作兼呈耿廣州詩〉，敘說了爲政的歷程與艱辛，藉著此首詩，亦可使吾人更能了解其感懷諸傷的心靈狀況，詩云：

　　　惟昔遷樂土，迨今已重世。陰慶荷先德，素風斬後裔。唯益桑梓恭，
　　　豈稟山川麗。于時初自勉，揆己無兼濟。瘠土資勞力，良書啓蒙蔽。
　　　一探石室文，再摺金門第。既起南宮草，復掌西掖制。過舉及小人，
　　　便蕃在中歲。亞司河海秩，轉牧江湖滯。勿謂符竹輕，但覺涓塵細。
　　　一麋尚云忝，十駕宜求稅。心息已如灰，跡牽且爲贅。勿捧天書委，
　　　將隔海隅弊。朝聞循試節，夕飲蒙瘴癘。義疾恥無勇，盜憎攻亦銳。
　　　葵藿是傾心，豺狼何返噬。履險甘所受，勞賢惡相曳。攬轡但荒服，
　　　循垓便私第。嘉慶始獲申，恩華復相繼。無庸我先舉，同事君猶滯。

當推奉使績，且結拜親契。更延懷安旨，曾是慮危際。善謀雖若茲，
至理焉可替，所杖有神道，況承明主惠。

從本詩可知曲江以一介荒陬寒生，而於仕途展頭角，對於國事朝政，自是忠
貞勤懇，然而政壇上的豺狼虎豹，時時藉機吞噬，故耿介清約如曲江者，亦
不能免於被打擊，在開元十五至十八年第一次被外放至洪州作刺史時，曲江
之心境已是「心息已如灰，跡牽且爲贅。」了。而再觀其〈在秋懷詩〉之一
云：

秋風入前林，蕭颸鳴高枝。寂寞遊子思，寤歎何人知。宦成名不立，
志存歲已開……物情自古然，身退悔亦隨。……蘭艾若不分，安用
馨香爲。

秋季本是傷感的季節，藉著秋天蕭瑟的景象，曲江自況了被外放後的心情，
滿腔兼善天下的熱誠，卻未能被重用而澆熄，因而免不了有蘭艾不分的悲痛。
曲江於宦途不順時，常懷有此種情緒，由此種情緒的發酵，轉而變成歸居山
林，啓動欲過著如陶淵明筆下：「採菊東籬下，悠然見南山。」的念頭。秋懷
之一即可謂這種念頭的代表，詩云：

魚鳥好自逸，池籠安所欽，桂冠東都門，採厥南山岑。

藉著魚、鳥的海闊天空，無拘無束，來表現自己欲歸居田園的渴望，於南山
岑採蕨，悠閒渡日，實非池籠所能比。曲江詩中，以此種形式來表達者頗多，
試再舉一、二。〈登荊州城樓作〉云：

端居向林藪，微尚在桑榆。直似王凌戇，非如甯武愚。今茲對南浦，
乘鴈與雙鳧。

曲江在被貶荊州之前，爲相三載，克盡職責，由於當時玄宗在位既久，頗荒
於政事，曲江每每極言得失，如諫相張守珪、請誅安祿山、諫相牛仙客，諫
救太子，表現了其謇諤匪躬之誠，然而朝廷中，亦有一批如李林甫之流，嫉
賢如仇，時時伺機詆譖曲江，曲江之境，就如〈徐碑〉所託：

公三歲爲相，萬邦底定，而善惡大分，背憎堵衆，虞機密發，投杼
生疑，百犬吠聲，衆狙皆怒。每讀韓愈孤憤、涕泣沾襟。

曲江處此險惡之境，其心情之苦，固有足發爲詩歌者，如登荊州城樓作，正
是其被罷相後，貶爲荊州長史時作品，以自己有王凌之戇直，卻無甯武之愚，
對於政治上的機詭狡詐，實非自己所能應付與妥協的，故惟有對著南浦碧波，
雙雙對對的歸鴈與鳧鳥，悠游其間，才是自己心靈最愜意，適意的時刻。在

曲江感懷詩中，除了藉人、物表現欲歸居田園的夢想外，曲江還用另一種形式透露出其不肯對環境屈服，仍企而不捨的期待施展抱負的訊息。這份盼望玄宗覺悟，能再被重用之恩，〈感遇詩〉足為代表，試看〈感遇詩〉之十：

> 漢上有遊女，求思安可得。袖中一書札，欲寄雙飛翼。冥冥愁不見，
> 耿耿徒緘憶。紫蘭秀空蹊，皓露奪幽色。馨香歲欲晚，感歎情何極。
> 白雲在南山，日暮長太息。

〈感遇詩〉之九：

> 抱影吟中夜，誰聞此歎息。美人適異方，庭樹含幽色。白雲愁不見，
> 滄海飛無翼。鳳凰一朝來，竹花斯可食。

此二首感遇之作，皆是在罷相之後，「白雲在南山，日暮長歎息。」「鳳凰一朝來，竹花斯可食。」縱使自己已從現實中退敗下來，然而忠臣在江湖，對君上的懷念卻永不止息。實是因堂才是其所最鍾愛之地。「欲寄雙飛翼，冥冥愁不見。」「白雲愁不見，滄海飛無翼。」所感慨的是未見君顏，所難忘的是昔日君恩，白雲渺渺不可見，縱有雙飛翼卻無力飛越，只有日夕徘徊，企盼了。

　　由以上諸作可看出曲江〈感懷詩〉，皆為有我之作，而少見詠物無我之作，故每吟詠，多寄與於身世。《唐詩紀事·卷15》引姚子彥撰〈九齡行狀〉云：

> 公以風雅之道，興寄為主，一句一詠，莫非興寄。

則為實錄。觀中國詩人，常藉著比興來抒發自己的情懷，諸如兼善天下的抱負，獨善其身的志節，傷離怨別，歎老、悲窮怨感等，內發於心為情，觸發於外則為感，應感而生即產生興會，曲江詩中一草一木，如高齋閒望而言懷，登荊州城樓而有所感，登古陽雲台懷古，照鏡見白髮而書慨，凝白露，見明月以相思，凡興之所至，適逢其會，發為詞章，便成佳構，曲江〈感遇詩〉之七，高步瀛以為「即屈子橘頌之意」「望月懷遠」姚範說其為五律中的離騷，此種興詠，乃是中國抒情詩特殊精神，在最早的詩經中即已出現，如《曹風·鳲鳩》：

> 鳲鳩在桑，其子七兮，淑人君子，其儀一兮，其儀一兮，心如結兮。
> 鳲鳩在桑，其子在梅，淑人君伊，其帶伊絲，其弁伊騏……。

可謂達到此興交錯的最高境界，又如《楚辭·橘頌》，藉著禮讚橘子樹，使橘子樹人格化，以表現屈原自己的人格與個性，而整部曲江詩集中，摯情流露，脫離唐初詩風，使讀者能藉著詩的表現，真正與其心靈結合，正是詠懷諸詩

的特色。試看〈荊州作〉之二：

　　　雖謂誠不盡，知窮力亦殫。雖致負乘寇，初無抉術鑽。浩蕩出江湖，
　　　翻飛如波瀾。心傷不林樹，自念獨飛翰，狗義在匹夫，報恩猶一餐，
　　　況乃山海澤，致無毫髮端。內訟已斬沮，積毀今摧殘。胡爲復惕息，
　　　傷鳥畏虛彈。

此首詩作於開元十九至二十年間在政治仕途上曲江正被李林甫所排擠，群小
的陷害，顛倒是非，使其百口辯，藉著驚弓之鳥的特寫，曲江把自己憂讒畏
譏的處境，盡情抒發了出來。又如〈酬王六寒朝見詒〉：

　　　貰君流寓日，揚子寂寥時，在物多爲背，唯君獨見思，漁爲江上曲，
　　　雪作郢中詞，忽枉兼金訊，長懷伐木詩。

〈酬王六霽後書懷見示〉：

　　　作驥君垂耳，爲魚我曝鰓，更憐湘水賦，還是洛陽才。

賈誼與揚雄的懷才不遇，最能將曲江在仕途失意時之挫折感表現出。

　　〈登襄陽恨峴山〉：

　　　昔年亟攀踐，征馬後來過，信若山川舊，誰如歲月何，蜀相吟安在，
　　　羊公碣石磨，令圖猶寂寞，嘉會亦蹉跎。

在經過政治上無情的打擊後，目睹山川依舊，心境殊一的感慨，使詩更深刻。

　　〈登樂遊原春望書懷〉：

　　　奮翼籠中鳥，歸心海上鷗，既傷日月逝，且欲桑榆教。豹變焉能及，
　　　鵑鳴非可求。願言從所好，初服返林丘。

鷗鳥在海上自在的翱翔，籠中鳥的拘摯，而想像自己薄宦孤羈，坐看日月流
逝，乃不免動歸隱之歎。觀曲江詩集中，感懷詠歎之作，隨手俯拾皆是。探
究其內容，則無處不在表現其想用世，難以忘情廟堂之情懷，然而當其受到
打擊後，在想要突破精神上苦悉的局限時，曲江又會產生一種夢想，夢想藉
著歸居田園的自適，能稍稍滿足自己受拘束，創傷的心靈。這種在廟堂時繫
念著山林，在山林時繫念著廟堂。正是因人喜歡將渺茫不可知的遠方，予以
美化的結果，事實上探討曲江在感懷諸作中所抱持的希望迫源，只是盼望爲
玄宗重用，才能可抒展。故從曲江感懷諸作，即可看出其表現實爲初唐文人
的典型，志在求聞達，才能期爲時用，苟或不遇，乃興浩江海之思，究其本
心，則終不能忘情魏闕。故其雖知：「道家貴至柔，儒生何固窮？終始行一
意，無乃過愚公」（〈雜詩〉之五）之理，卻仍「願酬明主惠，行矣豈徒嘆（〈初

發道中贈王司馬兼寄諸公〉〉柳宗元以曲江詩長於比興，觀曲江感懷諸作，誠爲確論。

三、張九齡詩中的山水世界

在大自然中呈現著許多美麗的景象，詩人往往利用其感性的筆觸，來抒情寫志；在唐代有關此類的作品，大都是將六朝的田園詩及山水詩匯合以後發揚而形成的。一首山水詩，在布局結構上，記遊與山水景物的描寫大都居於前段首要部位，而詩人又往往又親身遊歷的經驗入詩，故詩中每每呈現細膩寫實的筆法。在曲江詩中，由於其屢次外放，所經過之處，輒吟詩以記比興，觀其山水詩中就描寫的景象而言，時而露出優美的面貌，時而呈現雄偉的精神，又有時充滿了奇異幽奧的氣氛，試看：

東彌夏首闊，西拒荊門壯。（〈九月九日登龍山〉）

雲霞千里開，洲渚萬形山。（〈登郡城南樓〉）

望盡煙雲生，滔滔不自辯。（〈秋晚登樓望南江入始興郡〉）

遙山紛在矚，孤頂乍脩聳。（〈晨坐齋中偶而成詩〉）

鼓怒揚煙埃，白晝晦如夕。（〈江上遇疾風〉）

飛奔流雜樹，灑落出重雲。（〈湖口望廬山瀑布泉〉）

重林間五色，對壁聳千尋。（〈湞陽峽〉）

奔峰出嶺外，瀑水落雲邊。（〈奉和吏部崔尚書雨後大明朝堂望南山〉）

一水雲際飛，數峰湖心出。（〈彭蠡湖上〉）

皆表現出大自然的雄偉氣勢，蒼蒼莽莽，咄咄逼人的力量外，更同時賦予充沛的活力，令人興起萬丈豪情壯志，讀後振奮不已。再如：

浦上青楓林，津傍白沙渚。（〈雜詩之四〉）

蘭葉春葳蕤，桂華秋皎潔。（〈感遇〉之一）

松間鳴好鳥，竹下流清迫。（〈冬中至玉泉山寺屬窮陰冰閉崖谷無色及仲春行縣復往焉故有此作〉）

夜雨塵初滅，秋空月正懸。（〈奉和吏部崔尚書雨後大明朝堂望南山〉）

片雲自孤遠，叢篠亦清深。（〈晨出郡舍林下〉）

春餘水更深，清華兩輝映。（〈林沼尤勝因並其次相得甚歡遂賦詩焉以詠其事〉）

江間稻正熟，林裏桂初榮。（〈南還湘水言懷〉）

荷香初出蒲，草色復緣堤。（〈城南隅山池春中田袁二公盛稱其美夏
首獲賞果會夙言故有此詠〉）

所表現的大自然，又完全呈現出另一番景象。在這些句子中，刻畫出自然的
優美靈秀，讀罷令人有如看見一位溫柔秀麗，空靈出塵的仙子般，賞心悅目，
此外，曲江遊山玩水常欲探尋幽處，遠離塵囂，故在其中亦常瀰漫著一股幽
異奇妙的氣氛。例如：

遠靄千巖合，幽聲百籟喧。（〈奉使自藍田玉山南行〉）

數曲迷幽障，連坼觸闇泉。（〈自始興谿夜上赴嶺〉）

異壤風煙絕，空山巖徑迷。（〈城南隅山池春中田袁二公盛稱其美夏
獲賞果會夙言故有此詠〉）

觀奇逐幽嘆，歷險忘嶇嶔。（〈祠紫蓋山經玉泉山寺〉）

風朝津樹落，日夕嶺猿悲。（〈使還都湘東作〉）

下有蛟螭伏，上與虹蜺尋，雲仙未始曠，窟宅何共深。（〈出爲豫章
郡途次廬山東巖下〉）

月明看嶺樹，風靜聽谿流。（〈耒陽谿夜行〉）

風虢流水琴，空聲兩相應。（〈同綦毋學士月夜聞鴈〉）

將大自然中所瀰漫的幽奇，原始的色彩，歷歷映在讀者眼前，有如身臨其境
般的感受。至於描繪山水，如何著色，全憑詩人之所好。如謝靈運是山水詩
之祖，在他的詩中色彩的繽紛，使他的詩幅幅鮮艷而令人美不勝收；而曲江
在詩中則較喜用白、綠色二色調，詩中所呈現的畫面常是清新素雅，依據色
彩心理學的原則，一個熱心朝政，飽受喧爭傾軋之人，對冷色亦較爲嗜好，
此與曲江仕宦頗爲相合，試看：

浦上青楓林，津滂白沙渚。（〈雜詩之四〉）

閃閃青崖落，鮮鮮白日皎。（〈入廬山仰望瀑布水〉）

連空青嶂合，向晚白雲生。（〈晚霽登王六東閣〉）

雜樹緣青壁，椒枝掛綠蘿。（〈登臨沮樓〉）

林篁苞青擇，津楊委綠薆。（〈城南隅山池春中田袁二公盛稱其美夏
首獲賞果會夙言故有此詠〉）

日落青巖際，谿行綠篠邊。（〈自始興谿夜上赴嶺〉）

在其所用色彩中，常是白、綠相配，或單獨用白色或綠色字眼，至於如：

水改天上碧，日氣海邊紅。（〈與王六履震廣州津亭曉望〉）

此類色彩配、綠白亦常是居其一，曲江水詩中，色彩字用的不多，但藉著可顯現色彩的倒是不少，稱可彌補畫面的素淨，不過仍是以綠色植物居多，例如：

> 稍稍松篁入。（〈祠紫蓋山經玉泉山寺〉）
> 松間鳴好鳥，竹下流清泉。（〈冬中至玉泉山寺居窮陰冰閉崖谷無厭及仲春行縣後往焉故有此作〉）
> 松岩後陰臨。（〈初發曲江谿中〉）
> 荷芰鬥龍舟。（〈經江寧覽舊跡至玄武湖〉）

另外在曲江工水詩中，常用「清」來達到著色的效果，例如：

> 磷磷見底清。（〈自豫章南還江上作〉）
> 清暉發近山。（〈自湘水南行〉）
> 谿流清且深。（〈初發曲江谿中〉）
> 萬壑清光滿。（〈登樂遊原春望書懷〉）

在詩中放入清字，多抹有澄明的色彩。由曲江在色彩上的運用，可看出曲江詩中的山水之作，所呈現的景象，喜歡明淨靈秀，而無塵俗。除了色彩外，在聲音方面如：

> 猶有汀州鶴，宵分乍一鳴。（〈西江夜行〉）
> 蘇駁經行處，猿啼燕坐林。（〈祠紫蓋山經玉泉山寺〉）
> 遠靄千巖合，幽聲百籟喧。（〈奉使自藍田玉山南行〉）
> 月明看嶺樹，風靜聽谿流。（〈耒陽谿夜行〉）
> 雷吼何噴薄，箭騎入窈窕。（〈入廬山仰望瀑布水〉）
> 洪濤聲若雷，投林鳥鍛羽。（〈江上遇疾風〉）
> 聞猿亦罷愁。（〈初入湘中有喜〉）
> 今聽楚猿悲。（〈初發首中寄遠〉）

諸如此類對於大自然的聲響，如「雷吼何噴薄，洪濤聲若雷」以雷聲相摹，給予人以浩浩流響的感覺，鳥獸啼則因心境喜悲，而所聽有別，心喜時則「松間鳴好鳥」「聞猿亦罷愁」；心悲時則「今聽楚猿悲」在曲江詩中所製造的音響，大多是藉著一個幽靜的氣氛下諦聽，而非嘈雜群鳴，因而很能與素淡雅淨色彩世界相配合。由於曲江詩中常流露出一分不為知遇的無奈，而興浩海之思，所以徘徊在山水之間，並沒有給他帶來多少歡娛，藉著山水反而更增添他的惆悵，傷感。因此觀其山水之作，除了捕捉了大自然的形貌，用文字

表現圖畫或音響的美，敘寫遊歷之樂外，其山水之作最主要的仍是在抒發鬱悶之情，誠如白居易所謂：「與世不相遇，壯志鬱不用，須有所洩處，洩爲山水詩，逸韻諧奇趣。」試看：

去國殊遷放，且泛籬下菊。（〈九月九日登龍山〉）

興罷還江城，閉關聊自遣。（〈臨泛東湖〉）

永路日多緒，孤舟天復冥，浮役從此去，嗟嗟勞我形。（〈湘中作〉）

悠悠詠靡鹽，庶以窮夕日。（〈巡按自灘水南行〉）

王程不我駐，離思逐秋風。（〈郡江南上別孫侍御〉）

靈山多秀色，空水共氤氳。（〈湖口望廬山瀑布泉〉）

同心不同賞，留歎此巖阿。（〈登襄陽恨峴山〉）

從這些詩句，我們可以了解曲江在涉水登山之際，早與大自然界合而爲之，夕日，秋風，孤舟都足以使他感受自己的孤獨，而發出「王程不我駐」的悲歎。又如：

江岫殊空闊，雲煙處處浮，上來群噪鳥，中去獨行舟，牢落誰相顧，透迤日自愁，更將心問影，于役復何求。（〈自彭蠡湖初入江〉）

極望淞陽浦，江天渺不分，扁舟行此去，鷗鳥自爲群，他日懷眞賞，中年負俗紛，適來果微尚，倏爾會斯文，復想金閨籍，何如夢渚雲，我行多勝寄，浩思獨氤氳。（〈初發江陵有懷〉）

仕宦的不得意，使其思念山林之趣，舉凡由大自然景物所興起的思緒都湧上心頭，將一個孤獨的心境，透過景物而傳達給讀者，令讀者爲之惋惜悲歎不已。《唐詩紀事・卷十五》引姚子彥撰〈九齡行狀〉云：

公以風雅之道，興寄爲主；一句一詠，莫非興寄。

曲江常在詩中表現出孤獨，以自己才修運蹇，忠不見知，故詩中憂思百結，悲惋塡膺之情屢現，雖如此其卻仍不自放於道，或逃於佛，則是憑藉著一股儒家入世理想的執著，其謂：

行爲主恩酬，感激空如此。（〈江上〉）

壯圖空不息，常恐髮如絲。（〈初發道中寄遠〉）

盛明期有報，長往復奚言。（〈奉使自藍田玉山南行〉）

謂予成夙志，歲晚共抽簪。（〈嘗與大理丞……詣一所林沼尤勝……遂賦詩以詠其事〉）

不知于役者，相樂在何年。（〈初發道中贈王司馬兼寄諸公〉）

可見曲江的涉山訪水，實在是心中有難以宣洩的鬱結，其詩中嘗謂「道家貴至柔，儒生何固窮？終始行一意，無乃過愚公。」（〈雜詩五首〉之五），又謂：「直以王陵戇，非如甯武愚。」曲江深知自己的個性，故在詩中時時警戒著自己「要記取柔弱勝剛強的道。」然其本性非似淵明「遂盡介然分，拂衣歸田里」。真正能安於「採菊東籬下，悠然見南山」生活的人，亦非如李白「人生在世不稱意，明朝散髮弄扁舟」如此的率性，因此在他的山水世界中，大自然的一草一木，一山一水，於詩中，雖不時流露出嚮往陶醉的情懷。例如：

　　谿流清且深，松石復陰臨，正爾可嘉處，胡爲無賞心。（〈初發曲江
　　谿中〉）

　　重林間五色，對壁聳千尋，惜此生遐遠，誰知造化心。（〈滇陽峽〉）

　　山氣朝來爽，谿流日向清，遠心何處惬，開棹此中行。（〈雜行寄王
　　震〉）

　　稍稍松篁入，泠泠澗谷深，觀奇逐幽映，歷險忘崎嶔。（〈祠紫蓋山
　　經玉泉山寺〉）

　　韶芳媚洲渚，蕙氣襲衣襟，蕭散皆爲樂，徘徊從所欽。（〈嘗與大理
　　丞……以詠其事〉）

　　有趣逢樵客，忘懷狎野鷗。（〈出爲豫章郡途次廬山東巖下〉）

嚮往山水之情，卻須待自己政治理想實現後才能享受，而對於理想，曲江又不知何年才能達成，因爲在開元、天寶之際，國富財雄，公卿百僚鮮不以侈靡相競，以曲江清約耿介的性格，不僅常受公卿詆毀，亦不爲玄宗所寵，在此情況下，其仕宦之途自不免有乖蹇，對於曲江而言，每次被貶謫外放，都是一次痛苦的打擊，途經山水，更觸動其歸隱山水田園之思，而究其心中真正所懸念則在魏闕，因而使其山水詩，在呈現一幅煙雲渺渺之象外，又夾雜了孤寂與無奈的吶喊，例如：

　　心累猶不盡，果爲物外牽。偶因耳目好，復假丹青妍。嘗抱野間意，
　　而迫區外緣。塵事固已矣，秉意終不遷。良工適我願，妙墨揮巖泉。
　　變化合群有，高深侔自然。置陳北堂上，儼像南山前。靜無戶庭出，
　　行已茲地偏。萱草憂可樹，合歡忿益蠲。所因本微物，況乃憑幽荃。
　　言象會自泯，意色聊自娱。對翫有佳趣，使我心渺綿。（〈題畫山水
　　障〉）

在此首詩中，是一幅真實描摹的山水畫，畫中述說了自己「嘗抱野間意」欲

過閒如野鶴般悠哉的日子；曲江的畫筆，細觀大自然的無窮變化，日夕雲煙，渲染上松巖清泉，然而這樣的生活，卻只能出現在夢境中，寄托在畫裏了。因爲終其一生，即使其身居江湖時，心仍存於廟堂，難忘君恩，使其在不知覺中流露出日夕徘徊的企盼。而從其山水世界中，不難發現曲江的執著，縱使「塵事固已矣，秉意終不遷。」

　　但是對於徜徉於山水間的那分悠閒憩適，使得曲江的腳步，能有遊山歷水的經驗。山水林野本是大自然最美最能感動人的一部份。孫綽〈遊天台山賦〉云：「情因所習而遷移，物觸所遇而興感。故振轡於朝市，則充屈之心生，閒步於林野，則遼落之志興……屢借山以化其鬱結……。」曲江山水之詩，亦是屬於此型，從其所遊歷處屢有描述，可知曲江是可以縱情於美麗的山水中，然而卻因其終不能自已於對朝事之關切，而使他惟有飽受打擊之餘，才能暫時逃避到所喜愛的山水世界，讓松澗、竹石撫慰其創傷的心靈，令人讀之不禁又要爲其心酸悲痛了。

四、張九齡詩的語言特色

　　詩是一種精鍊的語言，一首優美的詩，往往是因爲傳神的表現與生氣的躍動，使詩呈現出一副鮮明的圖畫，引起讀者的共鳴，因此一首神韻悠遠的好詩，其在文字上的鍛鍊上必定十分精純，曲江詩在初唐能獨具一體，自有其可觀處，今就其語法、色彩、辭藻、典故一一敘述之。

（一）語　法

　　所謂語法，詩句在文法上的安排。句中字彙詞藻的組織架構與運用，可塑造出意象，這種「心靈圖畫」的浮顯，最易使讀者心中產生一殊特的影象而激起一種新鮮的心理感受。而在每首詩要達到精簡生動的效果，動態的演示往往能使意象格外清晰，因此詩中的動詞，自然具有無與倫比的重要地位。杜國清先生在論漢字作爲詩的表現媒介一文談到詩語言時，曾述及對詩中動詞的運用，以爲詩有一種爲陳述的形式，多喜用動詞，傾向於時間的連續，呈現動態、主觀的斷言。在言語上，注重句子在構成上的句法，王國維亦曾在《人間詞話》云：著一「紅杏枝頭春意鬧」之鬧字，使境界全出。動詞下的準確，不但可表現具體的靜態意象，又可兼具「力」的移轉的動態美。曲江詩中以古詩最佳，所佔的比例也最重，在形式上更多屬陳式述的表現，常

用動詞，注重句子在構成上的句法。例如：

宵光逐露華。（〈和吏部李侍郎見示秋夜望月憶諸侍郎之什其卒章有前後行之戲因命僕繼作〉）

庭前攬芳蕙，江上託微波。（〈雜詩〉之三）

寒露潔秋空。（〈晨坐齋中偶而成詠〉）

飛閣凌芳樹，華池落綵雲。（〈三月三日申王園亭宴樂〉）

喬木凌青靄，脩篁媚綠莎。（〈南山下舊居閒收〉）

月思關工笛，風號流水琴。（〈同綦毋學士月夜聞鴈〉）

林苪苞青擇，津揚委綠莎。（〈城南偶山池春中田袁二公盛稱其美夏首獲賞果會夙言故有此詠〉）

由於動詞的使用，在景物情狀姿態上，給人在視覺、聽覺等官感官上有如身歷其境；曲江詩中對於語詞的安排，多偏向優美，素雅的造境。例如：

雜樹緣青壁，欍枝掛綠蘿。（〈登臨沮樓〉）

萬壑清光滿，千門喜氣浮。（〈登樂遊原春望書懷〉）

秋風蕭鼓悲。（〈故徐州刺史贈吏部侍郎蘇公挽歌詞〉）

長提春樹發，高掌曙雲開。（〈奉和聖製早渡蒲津關〉）

遠靄千巖合，幽聲百籟喧。（〈奉使自藍田玉山南行〉）

曲江一生忠貞體國，然而當英才不能為君所用時，常會興起退隱江湖之思，對於田園歸趣產生夢想，故在詩筆下呈現的，是一副田園鄉居悠閒、暇逸的隱居樂圖，藉著這種動詞的運用，使詩中所呈現的是靜中的動態美，造成曲江沖澹婉秀的風格，而聯想到其人柔弱，風度蘊藉的形象之瀟洒。

（二）色 彩

意象之作用在利用視覺或其他感官意象之傳達，使人如親見親受般，由於，在大自然繽紛中，詩人必須也喜歡將色彩攝入詩中，由色彩在詩中的呈現，雖不一定具有象徵的意義，但至少從聯想中影響了感情的產生與感化，創作了詩的美感。曲江詩中所喜愛的色彩，以白色、青色系統出現比例較高，而對顏色的分配約有下列幾種。例如：

天啟神龍生碧泉。（〈奉和聖製龍池篇〉）

庭蕪生白露。（〈在郡秋懷〉之二）

青冥晝結陰。（〈將至岳陽有懷趙二〉）

望望白雲涯。（〈在郡秋懷〉之一）

江南有丹橘。(〈感遇之七〉)

紫蘭秀空蹊。(〈感遇之十〉)

這是一句中，只含有一種顏色的。也有一聯中，出現兩種色彩的，例如：

青鳥跂不至，朱鱉誰云浮。(〈感遇之八〉)

浦上青楓林，津旁白沙渚。(〈春江晚景〉)

結宇倚青壁，疏泉噴碧潭。(〈故刑部李尚書荊谷山集會〉)

皎潔青苔露，蕭條黃葉風。(〈秋夕望月〉)

水紋天上碧，日氣海邊紅。(〈與王六履震廣州津亭曉望〉)

別酒青門路，歸軒白馬津。(〈送韋城李少府〉)

連空青嶂合，向晚白雲生。(〈晚齋登王六東閣〉)

萬乘飛黃馬，千金狐白裘。(〈和姚令公從幸溫湯喜雪〉)

除了句面上所用的顏色實字外，曲江詩中常也使用些形容詞，來呈現詩中的色彩。例如：

霜降天宇晶。(〈秋晚登樓望南江入始興郡路〉)

晶明晝不逮。(〈臨泛東湖〉)

桂華秋皎潔。(〈感遇之二〉之一)

皓露奪幽色。(〈感遇之二之十〉)

閃閃青崖落，鮮鮮白白皎。(〈入盧山仰望瀑布水〉)

皓皓頭前月初白。(〈奉和聖製瑞雪篇〉)

磷磷見底清。(〈自豫章南還江上作〉)

中流澹自清。(〈西江夜行〉)

在這些句中，雖不著色，但是宇晶、皎潔、皓皓、鮮鮮、磷磷、幽、清等字詞，都能在人之視覺上呈現出色彩，而從色彩的運用上，在曲江詩色彩中，白色是使用最多的色彩。白色所象徵的潔白、神聖、純眞，在〈庭梅詠〉中云：

芳意何能早，孤榮亦自危。更憐花蔕弱，不受歲寒移。朝雪那相如，

陰風已屢吹，馨香雖尚爾，飄蕩復誰知。

以自己就如一株早春的梅花，象徵梅花的潔白、柔弱、堅貞。觀曲江一生表現守正嫉賢，以正道匡弼的襟抱，然而由於屢受李林甫，牛仙客等阿諛諂佞輩的詆毀，使曲江不能常相位，終失意於玄宗，而不剝有「至感無精遇，悲惋愼膺」之情。曲江詩中喜用白色，正足以表現其心境。因其一生早已將儒

家的入世思想與忠直精神，貫注在自己的人格裏了。由於白色可象徵著潔白、神聖、純貞，在色彩情感上是非常寂寞的，此與曲江外放被貶的心境相吻合。除白色外，曲江亦喜用青色系列，曲江生長在江南，江南的山水雲天，風俗地理及當地生活色彩，也是曲江喜用綠色的原因。另外青色，屬於寒色系統，在波長上，強度上，都不及黃和赤，青色常導引人進入沈思之境，暝想之域，更進一步，就在人心的全體內面，給予一種幽邈難名的憂鬱的潤色了。在曲江詩中感懷、感遇、詠歎之作，就常出現青色。

青色能使人平和、慰藉，曲江在政治上所遭到的挫折，每每藉著涉山歷水之際，發詠吟謳，將江水山林，宣染上整片綠，對於渴望享受山林生活的平和、安詳，做了最美的夢。因此，曲江詩中的青色有深刻境投射作用。

（三）辭　藻

曲江詩的風格，最大的特色當是一個"澹"字，明代胡應麟詩藪云：

> 曲江清而澹。

高棟《唐詩品彙》云：

> 張曲江感遇等作，雅正沖澹，體合風騷，駸駸乎盛唐矣！

唐代張說謂徐堅云：「曲江詩似輕縑素練。」由此可知曲江詩中所塑造的意象即是深秀婉約。試看

> 悠悠漢水波。（〈登襄陽恨峴山〉）
>
> 空水秋瀰淨。（〈晚憩王少府東閣〉）
>
> 空亭鴈影過。（〈旅宿淮陽亭口號〉）
>
> 寒來淨遠空。（〈春江晚景〉）
>
> 片雲自孤遠。（〈晨出郡舍林下〉）
>
> 一水雲際飛。（〈彭蠡湖上〉）
>
> 澹澹澄江漫。（〈登郡城南樓〉）
>
> 孤楫清川渚，征衣寒露滋。（〈使還都湘東作〉）

隨手拈來，寒露、清川、孤楫、空亭、片雲等詞句充滿曲江詩中，而這些景象，雖不似五彩繽紛的瑰麗，但由這些素淨詞句，所造成的一種絕俗清淡的具體意象，亦極富享視覺的效力。藉著清淡的辭藻，能配合、烘托詩的素質，引起感情的聯想與暗示力。例如：

> 日暮荒亭上，悠悠旅思多，故鄉臨桂水，今夜渺星河。暗草霜華發，
>
> 空亭鴈影過，興來誰與晤，勞者自為歌。（〈旅宿淮陽亭口號〉）

藉著日暮、荒亭、暗草、霜華、鴈影，更烘托出一片孤寂，寞落之情，使詩句之韻味氣氛淋灕盡致。

（四）典　故

在詩中往往喜用典故，在精練的語言的形式下，要表現作者的感受，使詩增加強度與張力典故的應用，可謂重履技巧之一。《文心雕龍·事類篇》曾云：

> 夫經典沈深，載籍浩瀚，實群言之奧區，而才思之神皋也。揚班以下，莫不取資，任力耕耨，縱意漁獵，操刀能割，必列膏腴。是以將贍才力，務在博見。……凡用舊合機，不啻自其口出。

這段話談到詩文須要用典，而近人徐復觀亦云：

> ……一個典故的自身，即是一個小小的完整世界；詩詞中的典故，乃是在少數幾個字的後面，隱藏了一個小小世界，其象徵作用之大，製造氣氛之容易與豐富，是不難想見的。

典故常能有效的經濟的具體化某些感情及情況，喚起種種聯想，而且擴大詩的意義和範圍，並且由於典故和意象表現在象徵作用上很相似，時常並用以塑造意象，使整個意象具有更大意義，其力量也相對增強，曲江詩中用典的地方非常多，試看：

> 魏武中流處，軒皇問道迴。（奉和聖製早渡蒲津關）
> 緬惟剪商後，豈獨微以歟。（《奉和聖製幸晉陽宮》）
> 剪商自文祖，夷項在茲山。（奉和聖製次成皋先聖擒建德之所）
> 漢皇思鉅鹿，晉將在弘農。（奉和聖製過王濬墓）
> 國爲項籍屠，君風華元戮。（和黃門盧監望秦始皇凌）
> 名見桐君錄，香聞鄭國詩。（蘇侍郎紫微庭各賦一物得芍藥）
> 價似陸生減，賢斬鮑叔知。（酬通事舍人宜直見示篇中兼起居陸舍人景獻）

以上從曲江詩中看所舉的典故，多是借用經典、史籍爲題材，以徵事比類，綰合題義爲表現手法。如「孟軻應有命，賈誼得無冤」乃用孟軻歎王者不遇，賈誼出爲長沙傅的故事。「直似王凌戇，非如甯武愚」用王凌不阿諛呂后而被貶，甯武的無道則愚的智慧的典故，以上所用之典故，皆屬於"用事"之典，以史實材料放置句中，靠其詩句中直似、非如、同、爲等字眼將文意貫串，以達到「藉事徵意」的效果。在用典上還有一種屬於"用辭"方面，也舉例

說明如下：

  萱草憂可樹，合歡忿亦蠲。(〈題畫山水障〉)

  石堅亦他攻。(〈雜詩之五〉)

  漢水訪遊女。(〈雜詩其四〉)

  一木逢廈構。(〈將發還鄉示諸弟〉)

  五十而無聞。(〈在郡秋懷二首〉之一)

  傷鳥畏虛彈。(〈荊州作二首〉之一)

  眾口金可鑠。(〈荊州作二首〉之一)

  經冬尤綠林。(〈感懷之七〉)

上例用辭，都是前人詩文的成辭，經詩人融化斡旋，如「自己出」如「自有歲寒心」由李元操〈園中詠橘賦〉「自有凌冬質，能守歲寒心」化出；「積善家方慶」由《易・坤卦》：「積善之家，必有餘慶」化出；「當使玉如泥」由《列子・湯問》：「切玉如切泥」化出。「操刀嘗願割」由《左傳・襄公三十一年》：「猶能操刀而使割也」化出等不一而足。曲江所引用典故出處，廣泛自《楚辭》、《詩經》而下自六朝都有，今試舉完整一首詩，從其結構脈絡來考察其詩的效果：

  賈生流寓日，楊子寂寥時，在物多相背，唯君獨見思，漁為江上曲，
  雪作郢中詞，勿往兼金訊，長懷伐木詩(〈酬王六寒朝見詒〉)

在整首八句話詩中，曲江即有四句話用典，抒發自己流落之時，友誼之珍貴。借著賈誼與楊雄的潦倒不遇以喻己，而陽春白雪的典故，亦見自己的曲高和寡，〈伐木詩〉則出自詩經，友賢不棄，自是彌足珍貴。考當時九齡任左拾遺的官，因與當時宰相姚崇不協，而歸返家園，在居韶其間，與王履裏從遊甚密，由此首詩之用典，烘托曲江當時之處境、心境，頗能扣住欲抒發鬱結的主旨，將感情呈露出來。此首詩當算是用典成功之例子，由上亦可得知曲江喜用典故，且用典的範圍很廣，技巧亦相當成熟。

  杜甫〈八研詩・詠曲江〉云：

  綺麗玄暉擁，牋誅伍昉騁。

釋皎然〈讀曲江詩〉云：

  飄然飛動姿，邈矣高節情，……體正力已全，理精識何妙。

皆是推崇曲江的詩。王士禛《王漁洋詩話》中更以曲江上承子昂，下啓太白評價其地位，今觀曲江詩在語言的技巧，可當之無愧矣。

五、張九齡詩的風格

所謂風格者，乃是作者內在之性格，綜合流露於作品所顯現的特色。欲知曲江詩之風格，則不得不先討論曲江當時的詩壇狀況，曲江生於初盛唐之際，當時詩壇格律運動正完成，對於當時詩人們所呈現的風格，明高棅《唐詩品彙》嘗論之云：

> 有唐三百年詩，眾體備矣。故有往體、近體、長短句篇、五七言律、
> 絕句等製。莫不興於始，成於中，流於變，而移之於終。至於聲律，
> 興象，文詞、理致，各有品格高下之不同。略而言之：則有初唐、中
> 唐、晚唐之殊。詳而分之：貞觀，永徽之時，虞、魏諸公，稍離舊習；
> 王，揚、盧、駱因加美麗；劉希夷有閨惟之作，上官儀有婉媚之體，
> 此初唐之始製也。神龍以還，洎開元初，陳子昂古風雅正；李巨山文
> 章老宿；沈、宋之新聲；蘇、張之大手筆，此初唐之漸盛也。

由以上可知開元前後潮流，當時詩的趨向，一爲沈、宋的開新，一爲陳子昂之復古，而曲江詩之表現正受了此二家之影響。〈徐浩碑〉曾記載云：「曲江弱冠鄉試進士，考功郎沈佺期尤爲激揚，一舉高第。」沈氏即爲當時與宋之問齊名的詩壇大將，《文苑英華·卷七一四·顧陶唐詩類選序》云：

> 爰有律體，祖尚清巧，以切語爲工，以絕聲病爲能，則有沈、宋、
> 燕公、九齡……之流實繫其數，皆妙於新韻，播名當時。

此派詩人所講求的是聲韻穩順，對偶精工，刻型鏤法，如錦鏽成文，曲江既爲沈佺期門下，其詩受沈、宋一派影響自是可知，而在當時詩壇還呈現另一種風格，代表人物爲開復古之風的陳子昂《唐書·陳子昂傳》云：

> 唐興文風承徐庾餘風，天下祖尚，子昂始變雅正。

其昌言復古以排斥詩之虛美形式，在當時算是對近體詩的反動，此種要求詩當興寄風骨與表現作者個人生命情感的論調，在曲江詩創作上尤有影響，故後世論初唐詩之轉變者，每以「陳張」並稱，施補華《硯傭說詩》云：

> 唐宋五言古詩，猶紹六朝綺麗之習，惟陳子昂，張九齡直接漢魏，
> 骨峻神竦，思深力遒，復古之功大矣！

沈德潛《說詩晬語》：

> 射洪，曲江起應中衰。

劉熙載《藝概》云：

> 唐初四子紹陳隋之舊，故雖才力迥絕，不免致人異議。陳射洪、張

曲江獨能超出一格，爲李、杜開先。

綜合以上所述，可知曲江處在文運將革之際，有幸融合各家之長，自己創新一派而卓然爲名家，號稱曲江體，悉歸功於曲江能在詩學源流上做到因時乘勢之故。曲江詩就形式而言，五言詩爲多，四言、七言、雜言數首而已，此與當時律詩形式的演化不無關係。而在思想上，曲江懷抱忠君愛國之情操，即使在野，亦時時心懷魏闕，故表現在詩文常多興寄，深得風雅之旨，《唐詩品彙·卷二》引本集序云：

> 曲江公詩，其言造道，雅正沖澹，體合風騷。

翁方綱《石洲詩話》云：

> 曲江公委婉深秀。

胡應麟《詩藪》云：

> 曲江清而澹。

又云：

> 曲江諸作含清拔於綺繪之中，寓神俊於莊嚴之內。

皆認爲曲江詩的風格就如其人「玉磬臨風，晶盤盛露」試看：

> 雲間自孤秀，山下面清深。（〈始興南山下有林泉嘗卜居焉荊州臥病有懷此地〉）
>
> 松澗聆遺風，蘭林覽餘滋。（〈驪山下逍遙公舊居遊集〉）
>
> 蘭葉春葳蕤，桂華秋皎潔。（〈感遇〉之一）
>
> 松間鳴好鳥，竹下流清泉。（〈冬中至玉泉山寺屬窮陰冰閉崖谷無色及仲春行縣復往焉故有此作〉）
>
> 幽林歸獨臥，滯慮洗孤清。（〈感遇〉之二）
>
> 願言採芳澤，終朝不盈把。（〈戀內職詩〉）
>
> 片雲自孤遠，叢篠亦清深。（〈晨出郡舍林下〉）

性向可以決定風格，前人屢有論述。如錢泳云：「……詩寫性情，性有中正、和平、姦惡、邪散之不同，詩亦有溫柔、敦厚，唯殺、浮僻之互異。」（《履園譚詩》）曲江之詩呈現清澹風格，亦與其性格有關，《新唐書·張九齡傳》云：『九齡體弱，有醞藉……後帝每用人，必曰：「風度能如九齡乎？」』

宋王讜《唐語林·卷四》云：

> 明皇早朝，百官趨班，上見張九齡風儀秀整，有異於眾，涓左右曰：
>
> 「朕每見張九齡，精神頓生。」

由於其體弱而美風度，故其詩清麗澹雅，所選用之詞語多素淨，曲江喜藉著虛字表現：試看：

> 信若山川舊，誰如歲月何。(〈登襄陽恨峴山〉)
>
> 雖言春事晚，尚想物華初。(〈武司功初有幽庭春暄見詒夏首見以詩報焉〉)
>
> 感激空如此，若時屢已道。(〈江上〉)
>
> 浦樹遙如待，江鷗近若迎。(〈自豫章南還江上作〉)
>
> 若人不世生，悠悠多如波。(〈詠史〉)
>
> 感物重所懷，何但止足斯。(〈驪山不逍遙公舊居遊業〉)
>
> 猶希咽玉液，從此昇雲空。(〈與生公遊石窟山〉)
>
> 孤根亦何賴，感激此爲鄰。(〈敘懷二首〉之一)
>
> 行看洛陽陌，光景麗天中。(〈奉和聖製途次陝州作〉)
>
> 所思如夢裡，相望在庭中。(〈秋夕望月〉)

在其詩集中諸如中、裡、此、如等虛字觸處可見，明朝李東陽《懷麓堂詩話》：

> 詩用實字易，用虛字難，盛唐善用虛，其開合呼喚，悠揚委曲，皆在於此……。

句中多虛字，使詩尤爲清澹，至於其詩用語清冷，亦是構成此風格之原因，例如：

> 西日下山隱，北風乘夕流。(〈感遇之六〉)
>
> 清迥江城月，流光萬里同。(〈秋夕望月〉)
>
> 外物寂無擾，中流澹自清。(〈西江夜行〉)
>
> 白水生迢遞，清風寄瀟洒。(〈忝官二十年盡在內職及爲郡嘗積戀因賦詩焉〉)
>
> 悠悠滄海渚，望望白雲涯。(〈在郡秋懷二首〉)
>
> 寒露潔秋空，遙山紛在矚。(〈晨坐齋中偶而或詠〉)
>
> 靈心把上善，乘流坐清曠。(〈臨泛東湖〉)

詩中常用清、寒、澹、靈、白、孤、深、幽等字詞，雖不著實色，卻使詩所呈現的宛如不食煙火的清秀佳人，宋代葛立芳《韻語陽秋》曾云：

> 大抵欲造平淡，當自組麗中來，落其華芬，然後可造淡之境。

清淡正是曲江詩的風格，而在詩中曲江還喜用幽、芳、蘭、蕙等字來吟詠表現，例如：

韶芳媚洲渚，蕙氣襲衣襟。(〈林沼尤勝……以詠其事〉)

荷葉生幽渚，芳華信在滋。(〈餞濟陰梁明府各探一物得荷葉〉)

薇苣不時與，芬榮奈汝何。(〈林亭寓言〉)

仙禁生紅藥，微芳不自持。(〈蘇侍郎紫薇庭各賦一物得芍藥〉)

以上各句芳蘭幽蕙的運用，使詩的格調呈現更高逸，明胡應麟《詩藪》云：

清者，超凡絕俗之謂，非專於枯寂閒淡之謂也，……，子建，太白
知其華藻，而不知神骨之清，枯寂閒淡則曲江，浩然矣！

又云：

張子壽首創清澹之派，盛唐繼起，孟浩然，王維，儲光義，常建，
韋應物本曲江之清澹而益以風神者也。

曲江詩所呈現清澹，簡雅，在當時已自成一格，並且影響後代詩人頗鉅，而
於其詩中還呈現有另一種清新勃鬱之風格，《詩藪》云：

司空圖云：張曲江五言沈鬱。

釋皎然〈讀曲江詩〉云：

帝命鎮雄州，詩流據上游，才兼荊衡秀，氣助瀟湘秋，逸蕩子山匹，
怪奇文暢儔。沈吟未終卷，變態紛難數。

杜子美〈八哀詩‧詠曲江〉云：

荊州謝所領，……賓官引調同，諷詠在務屏。……歸老守故林，戀
闕悄延頸。波濤良史筆，蕪絕大庾嶺。

縱觀曲江之詩，於開元之世，歌詠太平者甚多。然開元末期政衰，已伏天寶
亂根，曲江於仕途，屢受挫折，憂國憂時，故詩漸多沈鬱作品。試看：

亞司河海秩，轉牧江湖滋。(〈酬周判官巡至始興會改秘書少監見貽
之作兼呈耿廣州〉)

浩蕩出江湖，翻覆如波瀾。(〈荊州作〉之二)

縱觀窮水國，游思偏人寰。(〈登城樓望西山作〉)

出處各有在，何者爲陸沈。(〈始終南山下有林泉嘗卜居焉荊州臥病
有懷於此〉)

與世嘗薰赫，遭遇感風雲。(〈南陽道中作〉)

古劍徒有氣，幽蘭祇自薰。(〈荊州作〉之一)

已矣直躬者，平生壯圖失。(〈敘懷〉二首之一)

曲江一生懷抱忠貞愛國的思想，讀其詩，常可體會到一種眞誠之情調，對於

玄宗，總是企盼能恩寵，一展長才，苟或不遇，則又興江海之思，然究其本心，終是不能忘情於魏闕，尤其其晚年被貶荊州，憂讒畏譏，每發吟詠，多所興寄，《帶經堂詩話》云：

> 唐五言古詩凡數變，約而舉之，奪魏晉之風骨，變梁陳之俳優，陳伯玉之力最大，曲江公繼之，太白又繼之，感遇、古風諸篇，可追嗣宗詠懷，景陽雜詩。

以上可知在初唐格律運動與六朝華靡詩風之潮流中，子昂大力提倡復古，主張興寄風骨與作者個人之生命情感。考子昂死年方四十二歲，曲江年爲二十五歲，二人雖未及謀面，然以時代相近，加之本身宦途際遇，一發一詠，自深得風雅之旨：

王夫之《薑齋詩話》云：

> 唐代比偶，即有陳子昂，張子壽，挖揚大雅。

高步瀛《唐宋詩舉要》云：

> 唐初猶沿梁陳餘習，未能自至，陳伯玉起而矯之，感遇之作，復見建安，正始之風。張子壽繼之，塗軌益闊。

今就整部曲江詩集中所呈現的風格，當以方回《瀛奎律髓》所論爲佳，其云：

> 曲江之詩高爽沈著而婉美。

今再舉曲江詩有名之作觀之：

> 海上生明月，天涯共此時。情人怨遙夜，竟夕起相思，滅燭憐光滿，披衣覺露滋。不堪盈手贈，還寢夢佳期。（望月懷遠）

《唐詩鏡》云：

> 起結圓滿，五、六語有姿態，幾爲躑躅徬徨。

《唐詩別裁》云：

> 海上生明月，天涯共此時。情至語。

〈望月懷遠〉整首詩，首二句勾勒出廣大浩博的空間與短暫明月昇起的片刻，給人帶來無窮的幽思與一片蒼茫之感，三、四句假託情人來表現一份思念之情，情味濃厚。五、六句用予盾句法，由憐光而滅燭，披衣卻覺露冷，依據某種角度望月，七、八句則用望月作結束，卻又以懷遠爲再開始，讓夢中的無限天地，留下不盡的餘韻，佈局與構思皆可謂上乘。

> 幽林歸獨臥，滯慮洗孤清。持此謝高鳥，因之傳遠情。日夕懷空意，人誰感至精。飛沈理自隔，何所慰吾誠。（感遇之二）

《唐詩別裁》云：

> 感遇詩，正字古奧，曲江蘊藉，本源同出嗣宗，而精神面目各別，
> 所以於古。

又云：

> 託言見思居之誠也。

此首詩呈現出一片山林幽深之景，用高鳥與飛沈來代表朝野分際，藉著高飛的鳥兒，表達自己遙遠的懷念，用幽林、高鳥來表現身在江湖、心存廟堂之懸念，整首詩呈現出清澹醇美之境界。曲江詩中名章秀句，描繪細緻，而新舊各體亦多具備，近體、古體尤為出色。《石洲詩話》內一云：

> 子昂、太白，蓋皆嫉梁，陳之艷薄而思復古之道者，然子昂以精深
> 復古，太白以豪放為主，九齡則以清澹復古。

胡應麟《詩藪》云：

> 初唐沈、宋外，蘇，李諸子未見大篇，獨曲江諸作含清拔於綺繪之
> 中，寓神俊於莊嚴之內。

大抵以曲江詩之風格，以清約澹遠見長，然於清澹中未嘗不具委婉，深沈之感慨，故能自成一體，而對當代文風影響甚深。曾國藩〈家訓〉有言：「凡大家名作，必有一種面貌，一種神態，與他人迥不相同，若非其貌其神夐絕群倫，不足以當大家之目。」《唐音癸籤評彙》言張曲江風格云：

> 張子壽首創清澹派，盛唐繼起，孟浩然、王維、儲光義、常建、韋
> 應物本曲江之清淡而益風神者也。

謂其風格澹婉深秀，開啓澹婉一派之功，亦足以為當代名家矣。

六、張九齡詩中的親情與友情

（一）親情篇

中國是一個講孝的民族，所謂「孝者，天之經也，地之義也，人之行也。」一切倫常制度，皆要以孝為基礎，愛敬能盡於事親，推其才能以愛事君。曲江為官期間，其公忠體國，耿介清約，於曲江政治生涯中已有敘述，本篇所云，則為其所表現的仁孝之性。曲江年幼喪父，《新唐書》記載其居父喪情景云：「哀毀庭中木連理。」〈徐浩碑〉亦云：

> 太常府居憂，柴毀骨立，家庭甘數株連理。

當時曲江年方十三，然而對父親孺慕之情，可謂至純至深，亦可見其仁厚之

天性。三十歲，曲江開展宦途，離開家鄉，遊居京邑，在左拾遺任內，由於封章直言，得罪當時宰相姚崇，而告病南歸，此次雖使其在政治上受到挫折，然藉歸家之際，使其得以侍奉母親，〈徐浩碑〉記載此事云：

> 不協時宰，方屬辭病，拂衣告辭。太夫人在堂，承順左右，孝養之
> 至，閭里化焉。

曲江居長子，頗知寡母的含辛茹苦，故居家之時，總竭力盡孝，以彌補遊宦在外，未能承歡膝下的遺憾。曲江在開元六年，接獲詔命，由左拾遺遷爲右拾遺時，曾吐露了心聲，試看〈初發道中贈王司馬兼寄諸公詩〉云：

> 昔歲嘗陳力，中年退屏居，承顏方弄鳥，放性或觀魚，曾是安疵拙，
> 誠非議卷舒，林園事益簡，煙月賞恆餘，不意棲愚谷，無階奉詔事，
> 湛恩均大造，弱植愧空虛，肅命趨仙闕，僑裝撫傳車，念行開祖帳，
> 憐別降題輿。誰謂風斯許，叨延禮數除，義沾投分沫，情及解攜初，
> 追餞扶江界，光輝燭里閭，子雲應寂寞，公緒爲吹噓，景物春來異，
> 音容日向疏，川原行稍穩，鐘鼓聽猶徐，林隔王公輦，雲迷班氏廬，
> 戀親唯委咽，恩德更躊躇，徇義當由此，願酬明主惠，行矣豈徒歟。

此詩顯示出曲江居家其間承歡膝下，竭盡奉養，一旦須捨孝盡忠時，則一心在國，割捨親情，但想到日後何時能再如今日般盡心陪伴，不由得「戀親惟委咽」亦可見曲江對母親那份難以割捨的情感。後曲江出任太常少卿時，自京奉使南行，至衡州祭南岳，廣州祭南海，而有機會歸詔省親，在〈奉使藍田玉山南行詩〉云：

> 通籍微軀身，歸途明主恩，匪唯徇行役，兼得慰晨昏。

能歸家省親，乃曲江夢中所想之事。

又〈夏日奉使南海在道中〉作：

> 緬然萬里路，赫曦三伏時，飛走逃深林，流爍恐生疵，行李豈無苦，
> 而我方自怡，肅事誠在公，拜慶遂及私，展力慚淺效，銜恩感深意，
> 且欲湯火蹈，況無鬼神欺，朝發高山阿，夕濟長江湄，秩瘴寧我毒，
> 夏水胡不夷，信知道存者，但問心所知，呂梁有出入，乃覺非虛詞。

「緬然萬里路，赫曦三伏時」雖然是炎炎夏日，旅途奔波，備嘗艱苦，卻仍能甘之如飴。曲江終其生爲國效力，卻也時刻不忘養親，只要有機會，曲江皆不放棄回故鄉省親，如詩所云：「肅事誠在公，拜慶遂及私。」曲江實可謂是忠孝兼顧，罕得的賢材良臣，可惜當時玄宗年事已高，耽於逸樂。加之李

林甫、牛仙客的曲意奉承，甚得玄宗歡心，使曲江的耿介直犯，成爲政治挫折的原因。至於其於開元十五年被放爲洪州刺史，則是因張說被罷相之故，當其時有詔出曲江爲冀州刺史，而曲江以冀州道遠，固請換江南一州，以便就近養親。《舊唐書・張九齡傳》曾記此事云：

> 九齡以母老在鄉，而河北道里遼遠，上疏固請換江南一州，望得數承母音秏，優制許之。

曲江爲洪州刺史時，年已五十歲，政途上的挫折，既不爲用，自當以奉養母親、承歡膝下爲重。後曲江在任尙書工部郎、兼知誥事時，又當乞歸養，但彼時正爲玄宗倚重，故未爲所許，只遷其弟九皋，九章官近州里，伏臘賜告，給驛歸寧。後未久，開元廿一年秋母逝，曲江奔喪還韶，〈徐浩碑〉云：

> 丁母憂，中使慰問，賜絹三百尺。奔喪南歸，附葬先塋。毀無圖生，嗌不容粒，白雀黃犬，號噪庭塋；素鳩紫芝，巢植廬隴，孝之至者，將有感乎！

曲江嘗數乞歸養，然以詔不許而未能實現，今遭母逝，「樹欲靜而風不止」的悲痛，已到「嗌不容粒」地步；其後曲江懇求終喪，欲盡爲人子的最後孝思。開元二十三曲江爲中書令，有孝子張瑝、張琇，因爲父爲殿中侍史楊汪冤殺，兄弟爲父仇而手刃楊汪；當時人多以二子稚年孝烈，宜加矜宏，曲江亦欲救之，實因其仁厚，深知失父之痛，故甘冒壞國法之名而力救。終曲江一生，皆未忘盡孝之心，曲江爲中書令時，父母亦獲追贈，在追贈文云：

> 嚴陰永隔，慈顏重違，卻報劬勞，終天何極。夙承教誨，幸而有成，崇國龍靈，畏當大任。聖上義存，延賞追贈……，今謹俱贈太常卿廣州都督告身，桂陽太夫人告身及玉帶金章紫衣副……。

孝經上云：「揚名，以顯父母。」曲江以嶺南荒陬之士，而位居中書令，使父母榮顯，其父母於地下有知，亦當能含笑了。

至於曲江與子足之情，據〈徐浩碑〉記載云：

> 公仲弟九皋、宋、襄、廣三州刺史，採訪節度經略等使、殿中監，季弟章，溫、吉曹等州刺史，鴻臚卿。

曲江與九皋、九章手足情深，在詩集中時見，試看〈和王司馬折梅寄邑昆弟〉：

> 離別念同嬉，方榮欲共持。獨攀南國樹，遙寄北風時。林倩迎風早，花愁去日遲。還聞折梅處，更有棣華詩。

此首詩爲和王司馬睹梅初綻時作，古人折梅贈人之詩，由來甚多，如陸凱從

江南以梅花一枝寄長安與范曄，題詩云：

> 析梅逢驛使，寄與隴頭人。江南何所有，聊贈一枝春。

曲江與昆弟分隔兩地，一在京邑，一在韶州家園；想到兄弟同居家日，園中嬉遊，而今雖梅花又吐露芬芳，兄弟卻是南北遙隔，折一枝梅花相贈，含有多少濃郁的感情。又〈與弟遊家園詩〉云：

> 定省榮君賜，來歸是畫遊，林鳥飛舊里，園果釀新秋，枝長南庭樹，
> 池靈北澗流，星霜屢爾別，蕭麝為誰幽，善積家方慶，恩深國未酬，
> 棲棲將義動，安得久留情？

此詩當為曲江赴任桂州時，路過韶州所作，《文苑英華‧卷八九‧九殿中監張九皋碑》云：「初丞相曲江公，則公之元昆。自始安郡太守兼五府按察使，以為越井殊方，廣江剽俗，懷柔之寄，實在腹心。奉公俱行，可為內舉，遂受南康郡別駕，季弟九章亦為桂陽郡長史。太夫人在堂，賜告歸寧，承歡伏獵。白華共展於朝夕，衣錦時入於鄉里，棣蕚美於詩人，德星聚於陳氏，代所稀也。」此段記載一副家庭和樂，兄友弟恭之情，表現無遺，後曲江遷工部侍郎兼知制誥，二弟任嶺南刺史時，曲江亦有一首〈二弟宰邑南海見郡雁南飛因成詠以寄〉，詩云：

> 鴻雁自北來，嗷嗷度煙景，嘗懷稻粱惠，豈憚江山水，小大每相從，
> 羽毛當自整，雙鳧侶晨泛，獨鶴參宵警，為我更南飛，因書至梅嶺。

秋天鴻雁自北而來，嗷嗷地鳴叫著，在煙靄中南飛，想起了兩位遠方的弟弟九章與九皋，兩位弟弟能就近奉養年邁母親而承歡膝下，而自己卻遠在京邑；詩中曲江以二位弟弟比作一雙泛的鳧侶，自己則是夜半驚醒的鶴；相傳鶴能知夜半，定時而鳴。曲江以地隔遙遠，只有藉著魚雁往返，聊慰對家人之思念。再看〈初秋憶金均二弟詩〉云：

> 江渚秋風至，他鄉離別心，孤雲愁自遠，一葉感何深，憂喜嘗同域，
> 飛鳴忽異林，青山西北望，堪作白頭吟。

《文苑英華‧卷八九九‧殿中監張九皋碑》云：「及元昆出牧荊鎮，公亦隨貶外台，遂歷安康、淮安、彭城、睢陽四郡守。」曲江二昆弟在服闋後，便授京官；然當曲江被貶調為荊州大都督府長史時，二弟亦坐累出為外官，分任職金、均二州，故詩云：「憂喜嘗同域，飛鳴忽異林」昔日榮顯時，兄弟共遊家園，今日被貶，三人各分西東，在此秋風蕭瑟之季節，更增添離別相思的愁緒，由此亦可見曲江與昆弟感情之濃郁。

（二）友情篇

在曲江詩集中與朋友酬和之詩爲數頗多，從詩中可看出曲江交遊廣闊，有互相唱和之文友，如前輩宋之問、沈佺期、張說等，後進如王維、孟浩然等。政壇上更是從京中達官至地方小吏，如裴耀卿、孫翃、蘇頲、王履震、嚴挺之等知友。另外方外之士如馬承禎、楊道士之輩，曲江皆與之交遊。據《舊唐書‧張九齡傳》載其交友之情云：

> 其所交遊如嚴挺之、袁仁敬、梁昇卿、盧怡、裴光庭、韓休，皆道
> 義相交，始終不渝。

又本集卷十六〈答嚴給事書〉云：

> 情義已積，皆弟無踰，人生相如，可謂厚矣。

曲江的敦篤友誼，以道義相交，乃是出於其性情之純厚。茲取數詩，以見其對朋友之深婉。例如〈郡上別孫侍郎〉：

> 雲嶂天涯盡，川途海縣窮，何言此地僻，忽與故人同情紆吏聰，王
> 程不我駐，離思逐秋風。

曲江爲洪州刺史時，孫翃亦於此時奉使洪州，二人僻地相逢，不勝唏噓。

〈當塗界寄裴宣州〉：

> 故人宣城守，亦在江南偏，如何分虎竹，相與門山川，章綬胡爲者，
> 形骸非自然，含情津渡闊，倚望胆空延，遠近聞佳政，平生迎大賢，
> 推心徒有屬，會面良無緣，日夕遵前渚，江村投暮煙，念行祇意默，
> 懷遠豈言宣，委曲風波事，難爲尺素傳。

此詩作於曲江外放洪州途中，時好友裴耀卿正爲宣州太守，《全唐文‧卷四七九‧許孟容唐故侍中尚書左僕射贈司空文獻公裴公神道碑并序》云：

> 時宰有衙初醜正者，出爲濟州刺史，象換宣，冀二州。

曲江與裴耀卿爲政治上同心協力的搭擋，玄宗曾誤會二人爲阿黨，亦可見二人關係之密切，在過當塗時，雖近在咫尺，二人卻未能碰面，「推心徒有屬，會面良無緣。」想到彼此的義氣相投，而今皆徒官偏處，「委曲風波事，難爲尺素傳」雖卻藉尺素傳達所遭受的委曲，卻總是訴不盡。惟有知己相交，才能有如此至情之語。又如〈酬周判官巡至始興會改秘書少監見貽之作兼呈耿廣州詩〉云：

> 惟昔遷樂土，迨今已重世，陰慶荷先德，素風斬後裔，唯益桑梓
> 恭……，無庸我先舉，同事君猶滯，當推奉使績，且結拜親契，更

　　　　延懷安旨，曾是慮危際，善謀雖若茲，至理焉可替，所杖有神道，

　　　　況承明主惠。

當曲江轉授桂州刺史，攝御史中丞，兼嶺南按察使等數官於一身，可謂正值
升騰之際，曲江仍秉承其執政時舉用賢才的理念，如在道經廣州時，辟周子
諒充嶺南按察判官，在其〈荊州謝上表〉云：

　　　　訪問周子諒，久經推覆，遙即充奏判。

曲江雖與周子諒未識，卻因周子諒有賢材而舉用，成為朋友，在酬答周子諒
詩中云：「當推奉使積，且延拜親契。」對於真與有賢材之人，曲江所表現禮
賢下士的謙和，以和當周子諒流瀼州，曲江坐舉非其人之罪而被貶時之無怨
言，令人由衷感佩。再看〈望月懷遠〉詩：

　　　　海上生明月，天涯共此時，情人怨遙夜，竟夕起相思。滅燭憐光滿，

　　　　披衣覺露滋，不堪盈手贈，還寢夢佳期。

整首詩充滿了思念朋友的深情，當海上明月升起時，想到分散在天涯的故友
時，任露水沾溼衣襟，任皎潔月光盈滿雙手，卻無法將這份對懷念傳遞與遠
方友人，只好期盼能在夢中相見，藉著月光表現對朋友的思念真情，也是曲
江珍惜友情的例證。

　　〈秋夕望月詩〉云：

　　　　清迴江城月，流光萬里同。所思如夢裡，相望在庭中。皎潔清苔露，

　　　　蕭然黃葉風。含情不得語，頻使桂華空。

月光灑滿大地的各個角落，朋友分居異地，未能在同樣的光輝下團聚，此種
相思之苦，不知欲訴與誰，只有徒然辜負這美景良辰，獨個兒賞聞那芳芳的
桂華了。整首詩描述對朋友的思念，婉轉動人。曲江從是一個重情感的人，
對於朋友相交，除了濃厚的情外，還兼講義氣。例如當其任中書令時，與嚴
挺之友善，嘗欲引挺之為相，而謂挺之云：

　　　　李尚書方承恩，足下宜一造門，與之疑暱。

然挺之素負義氣，薄林甫為人，竟不至詣林甫，後挺之欲救前妻所更嫁之丈
夫之琰，而為林甫使左右親近於禁中奏告玄宗，玄宗即問曲江云：「挺之為罪
人，請屬所用？」曲江云：「此乃挺之出妻，不宜有情。」挺之出妻事，曲江
不但為其辯駁，同時也不因未採納其忠告而心存介蒂，甚且還因此事而使玄
宗誤以曲江與裴耀卿、嚴挺之為阿黨，貶耀卿為左丞相，曲江為右丞相，並
罷知政事。若非曲江本性深情婉厚，必不能達於此。故凡讀曲江諸詩的人，

一定能領會其豐富的感情，他那份熱愛朋友，熱愛親人，君主之情，完全是出於其至性至情，在〈感遇詩〉七云：

> 江南有丹橘，經冬猶綠林。豈伊地氣暖，自有歲寒心。

這種內外一致的美好，除了靠長期的修養外，亦是來自淳厚的天賦，此亦爲曲江過人之處，也因而才能以一荒陬寒士，而至相位，成爲嶺南第一人物，爲千秋典範。

七、張九齡的政治生涯

論曲江的政治生涯，可謂開始於玄宗，結束於玄宗。其間歷官、拜相，而至貶卒，無不與玄宗之治道關。《舊唐書・卷一五九・崔群傳》在論及開元、天寶之事曾云：

> 安危在出令，存亡繫所任，玄宗用姚崇、宋璟、張九齡、韓休、李元紘、杜暹則理，用李林甫、楊國忠則亂。人皆以天寶十五年安祿山自范陽起兵是理亂分時，臣以開元二十年罷賢相，專任奸臣李林甫，理亂自此分矣。

亦可見曲江鑒識定機，誠不愧爲當代第一流人物。

曲江七歲知屬文，十三歲以書干廣州刺史王方慶，方慶稱其必致遠，二十五歲時見賞於沈佺期，擢爲進士第，惜因沈氏坐贓之事，而受波及未能出仕，中宗景龍元年高中材堪經邦科，終被授爲秘書省校郎，開始了他一生仕宦之途，〈徐浩碑〉云：

> 中書令李公當代詞宗，詔令重試，再拔其萃，擢秘書省校書郎。

在任校書郎五載後，三十五歲時，曲江又登道侔伊侶科，升遷爲左拾遺。在任內，充分表現出忠君體國，鯁直剛方的濟世熱誠；先上書諫幸溫湯，以時屬收穫，恐妨農事，又上姚令公書，由於當時玄宗即位不久，勵精圖治，姚崇拜相之初，即曾以十事奏聞，而皆被玄宗所採納。（見《新唐書・卷四十七・百官志》）曲江以崇素有重望，爲上所言，乃奏記勸其遠諂躁，進純厚。盼望姚崇能任用賢材，而曲江在〈和黃門盧侍御詠竹詩〉中以竹自薦，詩云：「高節人相重，虛心世所知，鳳凰佳可食，一去一來儀。」曲江早年對宦途所表現的熱情與懷抱，於此亦可見。開元四年秋，以忤宰相姚崇，告病歸韶，這是曲江首次所遭遇到的挫折。在〈南還湘水言懷詩〉中云：

> 拙宦今何有，勞歌念不成。十年乖夙志，一別悔前行，歸去田園老，

儻來軒冕輕。江間稻正熟，林裡桂初榮。魚意思在藻，鹿心懷食苹。

時哉苟不達，取樂遂吾情。

曲江封章直言，不與當時宰相妥協，拂衣告歸，其內心對仕宦受挫頗感失望，遂有「歸去田園老」之語，曲江年約四十歲，正值壯年有為之際，卻告病南歸，實在是出於無可奈何，故在歸韶鄉居期間，仍開鑿大庾嶺路，並上疏請行禮，疏云：

伏維陛下紹休聖緒，其命維新，御極以來，於今五載，既光太平之
業，未行大報之禮。

即可知曲江在宦途上雖不得意，仍留心於國事。終於在開元六年春升遷為左補闕，試看〈初發中贈王司馬兼寄諸公詩〉，曲江所吐露復出的心聲，詩云：

……狗義當由此，懷安乃闕如，願酬明主惠，行矣豈徒歟。

田居雖好，究竟不能施展生平抱負。開元七年為禮部員郎，八年四月遷司勳員外郎，九年加朝散大夫，時張說任中書令，因與曲江同姓，又欣賞其文學才華，而敘為昭穆，特別親重，曲江的仕途也因而呈現坦途。開元十年，任中書舍人，並入翰林供奉。《翰林群書‧卷上‧韋執誼翰林苑故事》曾詳說此事云：

九齡雖荒陬寒生，素無門閥，然其才幹風度出眾，加以張說大力為
之推薦，終能躋身顯要。

曲江在政治上嶄露頭角，從此時奉和諸和諸詩的完成亦可窺見。開元十二年，被封為曲江縣開國男，食邑三百戶，曲江以文學見長，頗受玄宗賞識，而頻頻遷升。十三年又加中散大夫，今年時，玄宗登泰山封禪，張說自定侍從升中之官，多引兩省錄事，主書及自己之親信，曲江睹此景，深覺不妥，而諫張說曰：「官爵者天下之公器，德望為先，勞舊次焉；若顛倒衣裳，則譏謗起矣。」今登封則惟推恩及百官，才無貽後悔。其所秉持的，乃是大公無私的恢宏襟懷。封禪事後，張說因不聽曲江勸諫，而導致停兼中書令，在《通鑑》卷二一二云：

中書舍人張九齡言於說曰：「文融承恩用事，辯給多權術，不可不備。」

說曰：「鼠輩何能為，」夏四月壬子，隱甫、融及御史中丞李林甫共

奏說引術士占星，徇私潛侈，受納賄賂，……庚申，但罷說中書令。

曲江於十三年未轉為太常少卿，十四年敕命祭南岳、南海、張說罷相後，亦受牽累，出為冀州刺史，然因其正奉使南中，故未即拜命，及秋返京後，乃

得請改江南一州，至十五年三月遂改洪州。此為第一次被外放做官，在洪州三年期間，所作之詩，多為遊山歷水之作，藉山水以感懷，頗多悲歡。在其〈答嚴挺書〉有言：「行已五十，獨不知命哉？是以冒以抗疏，乞歸侍親。」曲江對仕途的心灰意冷，而思歸養親，乃是其被外放任官所感受的孤寂，實際上，若仍被重用，曲江當會義無反顧為朝廷效力，故其云：

> 愛禮孰為羊，戀主吾猶馬。感初時不載，思奮翼無假，閑宇嘗自閉，
>
> 沈心何用寫（〈忝官二十年盡在內職及為郡嘗積戀因賦詩焉〉）

至開元十八年四月加曲江為中大夫，七月轉授桂州刺史，桂管經略使，兼嶺南按察使，攝御史中丞，借紫金魚袋時，曲江的仕途又開始呈一高峰；開元十九年辛末春，其自桂州出行巡按嶺南諸州，三月，轉秘書少監，兼集賢院學士，副知院事，《舊唐書・卷九十九・張九齡傳》云：

> 初張說知集賢院事，常薦九齡堪為學士，以備顧問。說卒後，上思
>
> 其言，召拜九齡為秘書少監、集賢院士，副知院事。

知曲江從政，與張說薦舉之力，有密切關連。開元二十年曲江又遷工部侍郎，〈徐浩碑〉云：

> 中書奏章，不愜上意，命公改作，援筆立成，上甚嘉焉。

由於玄宗篤好文學，對於曲江之文才十分賞識，開元二十年十月扈駕北巡，有后土赦書，曲江對御為文，凡十三紙，初無蒿草。即頗得玄宗嘉許，以其有王佐之才。從此以後數年，曲江在政治生涯中一帆風順，理想懷抱亦得施展，如其上言廢循資格，〈徐浩碑〉記載云：

> 去循資格，置採訪使，收拔幽滯，引進直言，野無遺賢，朝無缺政。

在仕宦之途，曲江所塑造的形象，一直為正直、剛方、為才是用，也因此在政治生涯中時遭人排擠，然其總是盡力而為，抱著知其不可為而為的毅力，報效國家，二十一年秋，遭母喪，曲江歸韶，未終喪，十二月，即起復拜中書侍郎，同中書門下平章事，兼修國。其間曲江曾數乞歸養，皆不為玄宗所許，在曲江〈讓起復表後御批〉云：

> 朕以非常用，曷云常禮。

可知此時玄宗對曲江倚俾之深。二十二年正月曲江自韶詣東都，為相期間，建議復置十道採訪使，為玄宗所受，五月，再加曲江銀青光祿大夫，守中書令，集賢院學士，知院事，修國史，一人集數榮銜於身，在當時所處的崇高地位，可謂是曲江政治生涯的顛峰，此時玄宗曾欲以李林甫為相，而問於曲

江，曲江曾對云：

> 宰相繫國家安危，陛下相李林甫，臣恐異日爲廟社之憂。

曲江識慮遠見，可惜未爲玄宗所受，卻也造成日後與林甫間之閒隙。七月，曲江充河南開稻田使，於許、豫、陳、毫等州置水屯。開元二十三年遷中書令，此時天下太平，海內富安，玄宗漸鬆弛於政事，而浸淫於美色，惑於讒言，行政用人，多有乖戾，曲江仍謇謇諤諤，秉持一貫的理想，對於玄宗所爲，多所直諫，如范陽節度使張守珪以斬可突干功，帝欲以爲侍中，曲江即諫云：

> 宰相代天治物，有其人然後授，不可以賞功。國家之敗，由官邪！
> 玄宗言欲假其名可否？曲江亦以名器不可假，玄宗遂止。

諸如此事，可見曲江之耿介風操。開元二十四年，又請誅安祿山，當時安祿山以偏校之奏，氣勢驕蹇，曲江曾謂裴光庭曰：「亂幽州者，此胡雛也。」後不幸言中，亦見曲江識人之高，觀唐代自武德、貞觀以來，大將之任，多以重臣領之。開元中，薛訥、郭元振、張嘉貞，王晙、張說、蕭嵩、杜暹等，皆以節度使入知政事；曲江無軍功，以張說大力提攜，加以文詞出眾，而終能致相位，而李林甫則不然，人無學術，僅以便佞得進，及得志時，自心生嫉妒，加以曲江又屢陳不可以林甫爲相，使玄宗頗爲不稅，處在如此暗流洶湧的景況，曲江曾有一首〈海燕詩〉，以燕自比，詩云：

> 海燕何其微，乘春亦暫來。豈知泥滓賤，祇見玉堂開。繡戶時雙入，
> 華軒日幾迴。無心與物競，鷹隼莫相猜。

曲江目睹林甫得勢，深爲玄宗所親，心中的委曲與憂慮無以宣洩，只有寄情於詩中。開元二十四年十月，扈駕自東都還西京，行前曲江嘗陳請俟農畢，未爲玄宗所接受，十一月又諫相仙客，使玄宗不悅，加以林甫從旁詆譭，至曲江被罷知政事，充右丞相，二十五年時又再左遷爲荊州，大都督府長史，〈徐浩碑〉云：

> ……貶荊州長史，公三歲爲相，萬邦底寧，而善惡大分，背憎都眾，
> 虞機密發，投杼生疑，百犬吠聲，眾狙皆怒，每讀韓非孤憤，涕泣
> 沾襟。

由此可見，其在荊州長史任內，抱負莫展，心境十分痛苦，因而其登臨詠歎，蓋皆脩然有出塵之想。至其傷感時事，寤歎隱憂；則心未嘗不在朝廷，當其不復見用，乃以文史自娛，觀此時曲江之作如〈登荊州城樓作〉：

> 天宇何其曠，江城坐自拘，層樓百尺餘，迢遞在西隅，暇日時登眺，
> 荒郊臨故都，纍纍見陳跡，寂寂想雄圖，古往山川在，今來郡邑
> 殊，……自罷金門籍，來參竹使符，端居向林藪，微尚在桑榆，直
> 似王陵戇，非如甯武愚，今茲對南浦，乘鴈與雙鳧。

玄宗寵信林甫之徒，並以林甫為相執政，敢言如杜暹之輩，咸罷斥不休，曲江自比如王陵之戇直不如甯武之大智若愚，感慨良深。開元二十八年春，南歸拜掃親墓，五月七日，卒於韶州私宅。觀曲江一生，從三十歲被授官，至中書令，被貶為荊州長史，卒於任內，可謂竭盡忠誠，中書舍人姚子彥述其狀云：

> 公所得奉祿，悉歸家園；先得賜物，上表進納，其清約如此。

曲江〈讓賜宅狀〉亦云：

> 今崇其甲第，更使增脩；或恐因緣多有費捐；上則虧耗國器，下則
> 招集身尤。縱陛下時垂寬容，而臣苟為貪冒，其如物議何？其如道
> 何？

曲江從政，不僅耿介不阿，更是清約克儉若此；在曲江去逝後，每當玄宗選用治事或通事舍人時，玄宗必問「風度有如九齡否？」而天寶安祿山之亂，更後悔未能聽其諫言；曲江以一人之進退，卻關係大局的安全，亦見其實為政治上罕見的人傑。明丘濬〈曲江序〉云：

> 公之風度先如見重於玄宗，氣節功業著在信史，播揚於天下；後世
> 唐三百年賢相，前稱房杜、後稱姚宋，胡明仲謂姚非宋比，可與宋
> 齊名者，公也。由是以觀公，又非但超出江南！乃有唐一代第一流
> 人物也。

對於曲江在政治生涯的表現推崇備至，曲江晚年雖仰鬱以歿，然其勳業氣節，則永垂青史，為後世典範。

八、張九齡詩中表現的理想抱負

　　生活的每一個過程，都是一首動人的詩，而詩人們從生活中把自己的生活點滴串成一本完美的集子，充實而有光輝，藉著詩中的傾訴，可探索詩人們心靈深處；曲江之詩，由於多為自敘，而少見詠物無我之作，故從其政治生涯觀之，雖可劃分為青年、壯年、外官、在朝、外貶五個時期，但究其詩的內容，則無不在抒發其忠貞體國的心懷，那份關切朝政的真誠，不期然使

人想到他那高潔的人格與風操。曲江之生，正當唐代隆盛之際，物阜民豐，社會上呈現的是一片安和樂利的景氣；在思想上，舉凡政治教化所依，禮法倫常，則是以儒家爲宗。儒者的職志，即是在努力化民善俗，達於天下太平。因此唐代此時的文人，皆是以經世治國爲理想，冀望顯身朝廷，流名簡策。由於曲江出身並非望族，其先人亦少有仕宦達貴的，在仍以閥閱世冑相重的當時，曲江以一介嶺南蠻障之士，而有日後的成就，除了張說、宋之問、沈佺期等大力提攜外，其在文學上的突顯、忠君愛國的赤誠，時刻秉持兼善天下的理念，皆是成爲當代風雲人物的重要因素。試看〈敘懷〉二首之一云：

> 弱歲讀群史，抗跡追古人。被褐有懷玉，佩印從負薪。志合豈兄弟，
> 道行無貴賤。孤恨亦何賴，感激此爲鄰。

曲江一方面以門第孤寒，負薪苦讀，努力期許自己與古聖先賢相抗衡，另一方面則以「道行」是靠皇上的賞識，在曲江對玄宗言中曾云：「臣荒陬孤生，陛下過聽，以文學用臣。」玄宗的重用，使曲江有施展理想抱負的機會，而至爲感激。在曲江的理想中，舉用賢材爲治國的重要根基，故在其任官時，對於引用才學之士，亦不遺餘力。曲江曾上書婣崇言舉用賢士之利，勸其遠蹈躁、進純厚，任人當才、無緣溺情。而在巡按嶺南時，道經廣州，更聞周子諒有賢才而辟之充當嶺南按察判官，在〈荊州謝上表〉記載此事云：

> 臣往年按察嶺表，便道赴使，訪問周子諒，久經推覆，遙即奏充判
> 官。

可見曲江舉用賢才的努力。又〈荊州作〉詩云：

> 先達志其大，求意不約文。士伸在知己，已況仕於君。
> 微誠凤所尚，細故不足云。……。進士苟非黨，免相安得群……。

曲江巡按嶺南，自謂爲黜免貪吏，引薦正人；任良登能，亮賢勞士。既蒙君恩，忝爲高位，自當盡力實現抱負理想，若如李林甫的無學術，牛仙客之不知書，。明知天子賞識，決意擢用，仍不恤犯顏直諫。不願這些諂佞之徒，得以倖進，亦可看出其對自己所持理想抱負的執著。除惟才是用外，曲江從政其間，尚有數端可見其施展理想抱負的事例，如初拜左拾遺、即上疏行郊祀，以「春秋之大事，莫先乎祀；王者之盛禮，莫重於郊。」爲河南開稻田使，又教河南數州種水稻，以廣屯田。任中書令時，奏籍田禮。在上封事中，曲江更以治國之本，莫若重刺史縣令，能重守令之選，則內外通理，萬姓獲寧，又欲行辟舉之法，請刺史縣令，精殷其人。試看其〈開大庾嶺路〉，序中

曾云：

> 飲冰載懷，執藝是度，緣登道，披灌叢，相其工谷之宜，革其板險
> 之故。歲除農隙，人斯子來，役匪逾時，成者不日。

曲江一生所守的理想抱負在治國平天下。只要能達到此理想抱負。則不畏懼
任何艱難。〈酬周判官巡至始興會改秘會少監見貽之作兼呈耿廣州詩〉云：

> 朝聞循誠節，夕飲蒙瘴癘。義疾恥無勇，盜憎攻亦銳，葵藿是傾心，
> 豺狼何返噬。履險甘所受，勞賢惡相曳。覽轡但荒服，循垠便私
> 第。……

只要爲君所用，能達到救世濟人的願望，曲江的熱誠可感。故在其四十歲以
後，宦途漸通時，則徇義報國之心，便坦然直陳於詩中。試看〈初發道中贈
王司馬兼寄諸公詩〉云：

> 無階奉詔書，湛恩君大造。……。戀親唯委咽，恩德更躊躇。徇義
> 當由此，懷安乃闕如。願酬明主惠，行矣豈徒歟。

〈夏日奉使南海在道中〉作：

> 展力慚且效，御恩感深慈。且欲湯蹈火，況無鬼神欺。

〈與弟遊家園〉詩云：

> 定省榮君賜，來歸是畫遊，……。蘭麝爲誰幽。善積家方慶，恩深
> 國未酬。棲棲將義動，安得久情留。

爲君所用，則自當奉獻一己之力，爲千萬人謀福利，而無顧山高水深；而在
其心中對理想抱負所描繪的藍圖、美景，藉著詩亦可略觀一、二。例如〈奉
和聖製喜雨詩〉云：

> 人和年上，皇心則怡。

〈奉和聖製送十道採訪使及朝集使〉：

> 昭晰動天文，殷勤在人瘼。

〈奉和聖製瑞雪篇〉：

> 歲稔復人和，預數斯箱慶。

〈奉和聖製南郊禮畢酺宴〉：

> 配天昭聖樂，率士慶光輝。……，流恩均庶品，縱觀聚康莊。

以上各句皆呈現出一幅政通人和，富強安樂的景象。而曲江雖以文人見用，
但對於國政的處理，則有王佐之才。據〈徐浩碑〉上記載云：

> 扈從北巡，便祠后土，命公譔敕，對御爲文，凡十三紙，初無藁草。

上曰：比以卿爲儒學之士，不知有王佐之才，今日得卿，當以經濟朕。

曲江任中書令時，曾上《千秋金鑑錄》五卷，述帝王興衰，頗爲玄宗賞識，特賜書褒美。以如此一罕見的賢材，卻也不免遭受詆譭。由於曲江爲官清約耿直，鄙視以便佞得寵的李林甫、牛仙客之流，以致忤玄宗意，遭致貶謫的命運，出爲荊州長史，試看〈荊州作〉二首之一詩云：

遇恩一時來，竊位三歲寒。誰謂誠不盡，知窮力亦殫。雖至負乘寇，初無挾術鑽。浩蕩出江湖，翻覆如波瀾。心傷不材樹，自念獨飛翰。狗義在匹夫，報恩猶一餐。況乃山海澤，傷鳥畏虛彈。

驪山下，消遙公舊居遊集云：

明德有自來，奕世皆秉彝。豈與磻谿老，崛起周太師。我心希碩人，逮此問之龜。怊悵既懷遠，沈吟亦省私。

曲江忠貞爲國，卻仍不免遭受打擊，其心灰意冷之餘，雖懷身念國，然而憂讒畏譏，使其自此爲驚弓之鳥，觀曲江被貶荊州長史後之詩，描繪其晚年心境，即爲儒家用世與其政治生涯交織而發的感慨。〈徐浩碑〉上云：

……荊州長史。公三歲爲相，萬邦底定，而善惡大分。背憎者眾，虞機密發，投杼生疑，百犬吠聲，眾狙皆怒。每讀韓非孤憤，涕泣沾襟。

曲江性本狷介，懷抱儒家濟世的理想，若未能施展，則懷才不遇的孤憤、鬱結，自難排解，故在其詩中即常以香草美人來抒發，以宣洩其不平，例如〈林亭寓言〉：

更憐籬下菊，無如松下蘿。因依自有命，非是隔陽和。

〈雜詩〉之一：

孤桐亦胡爲，百尺傍無枝。疏陰不自覆，脩幹欲何施。高岡地復迴，弱植風屢吹。凡鳥已相躁，鳳皇安得知？

〈雜詩〉之二：

蔦蘿必有託，風霜不能落。浩在蘭將蕙，甘從葵與藿。運命雖爲宰，寒暑自迴薄。悠悠天地間，委順無不樂。

〈感遇〉之十二：

閉門跡群化，憑林結所思。嘯歎此寒木，壽昔乃芳蕤。朝陽鳳安在？日暮蟬獨悲。……，所懷誠已矣。既往不可追，鼎食非吾事，雲山

嘗我期。……。

試想在朝爲官，玄宗恩寵，如魚得水般能大展才能抱負，而今被貶謫的無奈與不甘心，知曲江無時不想入仕，無處不表現其難忘情於君恩，亦無處不見其自負之高。藉松、菊、梅、蘭等自況，與屈原以香草美人比喻自己愛國的情操有著共通之處。曲江爲一忠貞之士，從其所持的理想懷抱可看出。而藉著曲江爲詩中歷史人物的品評議論，亦可略窺曲江的理想抱負。例如〈臨泛東湖詩〉云：

> 羈孤忝邦牧，顧己非時選。梁公世不容，長孺心亦褊。

〈詠史〉：

> 穰侯或見遲，蘇生得陰揣。輕既長沙傅，重亦邊郡徙。

〈奉和吏部崔尚書雨後大明朝堂望南山〉：

> 山公啓事罷，吉甫頌聲傳。

〈驪山下逍遙公舊居遊樂〉：

> 豈與磻谿老，崛起周太師。

〈酬王履震遊園林見貽〉：

> 既負潘岳拙，俄從周任言。

曲江一心欲在宦途上施展理想抱負，故在才修運蹇，忠不見知時，常憂思百結，悲婉塡膺。曲江荔枝賦云：

> 夫物以不知而輕，味以無比而疑，遠不可驗，終然永屈。況士有未
> 效之用，身在無譽之間，苟無深知，與彼何以異也？因道揚其實，
> 遂作此賦。

又〈酬宋使君見貽〉：

> 陟鄰初豈訓，獻策遽逢時。朝列且云忝，君恩復若茲。庭闈際海田，
> 軺荷天慈。顧己慙烏鳥，聞君泣素絲。才明應主召，福善豈神欺。
> 但願白心在，終然涅不淄。

對於爲君所用，曲江常懷感激以圖報，所謂「士爲知己者死」然其未能施展理想抱負時，曲江亦會發出：「道家貴至柔，儒生何固窮？終始行一意，無乃過愚公。」的怨歎。（〈雜詩〉之五）終曲江一生，並未真正如陶淵明般拋開現實的宦海是非，隱遯於田園自然，亦未自放於道，鑄或逃于佛，如王維般「禪誦自爲群」、「晚家南山陲」藉著宗教尋求心靈解脫的寄託。實在是因曲江已將儒家入世理想與忠直精神，凝結注於人格思想之中，以致於能終生執

著追求儒家中顯身揚名、忠君愛國的一面。古代文化中，知識分子總是自許甚高，一心以天下安危爲己任，而在社會上亦享有高超地位，讀書人學而優則仕的觀念已深植在儒者中心，一生皆在追求治國平天下之理。曲江爲標準的儒者，故儒家對政治所持之理想抱負，早已深入其思想中，其終生在求聞達，亦是出自致君堯舜天下太平的理念。蘇東坡在〈讀張曲江金鑑錄有感〉云：

> 遠溯淵源曲水東，猶存文獻舊家風。
>
> 江南作相何人始？嶺表孤忠獨我公。
>
> 豈特魏房姚宋上，直近天保卷阿中。
>
> 常將箴鑑當前照，半百癡迷頓破蒙。

推許張曲江之相業在魏徵、房玄齡、姚崇、宋璟之上，當是因其能對所懷抱的理想專心執守，無所游移的精神所致吧！

九、張九齡詩的評價

　　張九齡以一介嶺南荒陬寒士，但憑夤緣際會，躍居中樞宰相，全以風度見知於玄宗，氣節功業著在信史，胡明仲謂其堪與宋璟齊名，以此政治上第一流人物，而在詩壇上開創清澹之派，襟清韻雅，影響孟浩然、王維、韋應物、常建、儲光羲諸詩人甚鉅，陸時雍謂其「自開唐至此一人」而已，洵非虛美。

　　張九齡生於儀鳳三年（678）卒於開元二十八年（740）；觀其生時，正逢文運將革之際，沈宋二人之創新，陳子昂之復古，各得一偏，而九齡薈萃眾長，獨超凡俗，適遇潮流所趨，加以宦海沈浮，寄意深遠，使其詩呈現孤高獨特之風貌，氣象凌逾前人。劉熙載《藝概》評九齡云：

> 唐初四子紹陳隋之舊，故雖才力迥絕，不免致人異議。陳射洪、張
>
> 曲江獨超一格，爲李、杜開先。

是九齡於詩壇之成就，非僅下啓王、孟，而又爲李、杜開先，固足堪稱爲唐代之巨擘。

　　今觀張九齡詩體類廣泛，題材多面，語言技巧與詩法門路皆自成一家面貌，極具本色。分述如下：

　　一、九齡詩中取植物爲比興者頗多，植物不同，各有天賦之性格，九齡
　　　　詩乃取以表現心境及思想，探究其借物寓意之故，往往可見其內心

之世界。

二、九齡詩中題爲詠史、感遇、感懷諸作，多爲其政治生涯遭受打擊與挫折時，形之於詩篇之深痛感概，此類之作，情眞意直，言多衷愫，實爲九齡詩中最具有價值之部分。

三、由於屢經外放、貶謫，使九齡曾歷山涉水，蹇困於途，所經之處，輒留詩敘懷，而心中塊壘，每藉山水清音以抒洩，清風明月，俱足以撫慰宦海之波瀾。

四、表現曲江在詩中語辭喜取優美、素雅之造境，詩以恬靜爲主，而在色彩上則喜用白、青二系列之色調，在辭藻上則選用清澹之字面，而用典則多用忠貞之節士以自況其心境。

五、曲江處文運興革之際，六朝絢爛，漸歸眞樸，故在詩中新創出澹婉深秀之風格，開啓澹婉一派，有大雅之音。

六、中國人講求倫理，九齡對侍親之孝、手足之情、朋友之義，處處表現傳統儒者之風範，雅操淳厚，令人欽佩。

七、九齡從三十歲入仕，六十三歲卒於官，逝水心期，夕陽宦味，俱有委婉深秀，感人深衷處，至於遊歷酬唱，亦多大臣風概，均足傳述，多爲政治生涯之自供，足以考見其創作之動機。

八、九齡以儒生從政，懷抱經世治國理想，冀爲世用，以酬國恩，故一吟一唱，全屬忠臣肺腑之音，此亦正儒家正統詩學之胸襟懷抱也。

第三章 《曲江集》詩繫年

一、奉和聖製南郊禮畢酺宴

作於開元十一年（四六歲）

據《舊唐書・卷八・玄宗紀》：「十一年戊寅，親祀南郊，大赦天下。……賜酺三日，京城五日。」

二、奉和聖製早渡蒲津關

作於開元十一年（四六歲）

曲江於開元十一年為中書舍人，據《通鑑・卷二一二》云：「開元十一年春正月己巳，車駕自東都北巡。庚辰至潞州。辛卯至并州。二月戊申，還至晉州。壬子祭后土於汾陰。三月庚午，車駕至京師。」

本詩云：「長堤春樹發，高掌曙雲開。」時間與此次鑾駕北巡相吻合。

三、〈奉和聖製幸晉陽宮〉

作於開元十一年（四六歲）

據《通鑑・卷二一二》云：「開元十一年春正月己巳，車駕自東都北巡。……壬子祭后土於汾陰。三月庚午，車駕至京師。」

《元和郡縣志・卷十三・河東道三太原府晉陽縣》：「晉陽故宮，一名大明宮，在州城內。」

四、奉和聖製同二相南出雀鼠谷

作於開元十一年（四六歲）

據《通鑑・卷二一二》云：「開元十一年春正月己巳，車駕自東都北巡。……壬子祭后土於汾陰。」

《元和郡縣志・卷十三・河東道三汾州介休縣》：「雀鼠谷在縣西十二里。」

本詩云：「東君朝二月，南斾擁三辰」。時間與此次扈駕北巡相吻合。

五、奉和聖製次成皋先聖擒建德之所

作於開元十三年（四八歲）

據《舊唐書・玄宗紀八》：「開元十三年，……十一月丙戌，至兗州岱宗頓。丁亥，致齋於行宮。」

《金石錄・卷五日錄第九八七條》云：「明皇行次成皋詩，史敍行書，開元十三年十一月。」

李詩云：「紹成即我后，封岱出天關」。時間吻合。

六、奉和聖製過王濬墓

暫作於開元十二年（四七歲）

據《舊唐書・玄宗紀八》：「開元十二年十一月庚申幸東都。」

《隋唐嘉話》云：「武后將如洛陽，至閺鄉縣東，騎忽不進。召巫言：晉龍驤將軍王濬云：臣墓在道南，每爲樵者所苦。聞大駕至，欲求哀。」

《新唐書・卷三八・地理志》：「虢州弘農郡屬縣有閺鄉。」

本詩云：「漢王思鉅鹿，晉將在弘農」。地也相合。

七、奉和聖製經孔子舊宅

作於開元十三年（四八歲）

據《舊唐書・玄宗紀八》：「開元十三年十月辛酉封泰山，發自東都。十一月……甲午發岱嶽。丙申幸孔子宅。」

八、奉和聖製經河上公廟

作於開元十二年（四七歲）

據《太平寰宇記・卷五・陝州陝縣》：「河上公廟在州西五里。」

《舊唐書・玄宗紀八》：「開元十二年十一月庚申幸東都，至華陰，上制岳廟文，……。」

九、奉和聖製賜諸州刺史以題座右

作於開元十三年（四八歲）

據《通鑑・卷二一二》云：「開元十三年春二月乙亥，上自選諸司長官有聲望者：大理卿源光裕、尚書左丞楊承令、兵部侍郎郎寇泚等十一人爲刺史。……上自書十韻詩賜之。」

十、奉和聖製瑞雪篇

暫作於開元八年（四三歲）

據《冊府元龜・卷四十・帝王部文學》云：「玄宗開元八年親製春雪詩。」

本詩云：「萬年春，三朝日，上御明臺旅庭實」。亦為春天時作。

十一、奉和聖製早發三鄉山行

暫作於開元二十四年（五九歲）

據《劉夢得集》卷四有〈三鄉驛樓伏睹玄宗望女几山詩小臣斐有感〉云：「三鄉陌上望仙山，歸作霓裳羽衣曲。」以是三鄉山似在女几山附近。

《元和郡縣志・卷五・河南道・河南府・福昌縣》：「女几山在縣西南縣西南三十四里，而福昌縣東至洛陽府一百五十里。」

《通鑑・卷二一四》云：「開元二十四年冬十月戊申，車駕發東都。」

本詩云：「羽衛森森西伺秦，山川歷歷在清晨。」當為還西京途中。

十二、奉和聖製溫泉歌

作於開元二十四年（五九歲）

據《通鑑》所記載玄宗開元年間自東都返西京而在十月者，惟有十五年及二十四年。開元十五年，曲江正被外放在洪州任刺史。

本詩云：「來時樹亦春，今茲十月自東歸。」可知當以二十四年為是。

十三、奉和聖製燭龍齋祭

暫作於開元十四年（四九歲）

據《舊唐書・玄宗紀八》：「十四年，……六月戊午，上以旱，……命中外群官上封事。」

本詩云：「六月徂暑，四郊僭陽。我后其勤，告於壇場。」

十四、奉和聖製喜雨

暫於開元十九年（五四歲）

十五、奉和聖製送十道採訪使及朝集使

作於開元二十二年（五七歲）

據《舊唐書・玄宗紀八》：「開元二十二年二月辛亥，初置十道採訪處置使。」

十六、奉和聖製次瓊岳韻

作於開元二十四年（五九歲）

據《舊唐書・玄宗紀八》：「開元二十四年冬十月戊申，車駕發東都還西京。

甲子，至華州。」

《文苑英華·卷一七一·李林甫奉和聖製次瓊岳韻》云：「十月農初罷，……
更看瓊岳上，佳氣接神台。」

《太平寰宇紀·卷二九·華州華陰縣》云：「瓊岳宮在縣西十八里。」

十七、奉和聖製送李尚書入蜀

作於開元二十四年（五九歲）

據《舊唐書·卷一八五·李尚隱傳下》云：「二四年拜戶部尚書。」

《文苑英華·卷四五二·授李尚隱戶部尚書益州長史劍南節度採訪使制
稱》。推知李尚書當爲李尚隱。

十八、奉和聖製初出洛城

作於開元二十四年（五九歲）

據《通鑑·卷二一四》云：「開元二十四年冬十月戊申，車駕發東都。」
本詩云：「東土淹龍駕，西人望翠華。……十月星廻斗，千官斗捧車。」
時間吻合。

十九、奉和聖製謁元皇帝廟齋

作於開元二十四年（五九歲）

據《通鑑·卷二一四》云：「開元二十四年冬十月戊申，車駕發東都。」

《玉海卷二九》云：「宮在洛城北，即唐開元中老子祠也。」

《舊唐書·禮儀志》：「開元二十年正月己丑詔兩京及諸州各置玄元皇廟一
所。」

本詩云：「興建昔有感，建祠北山顛。」推知本詩當作於二十四年。

二十、南郊文武出入舒和之樂

作於開元十一年（四六歲）

據《舊唐書·卷三十·音樂志三》：「開元十一年，玄宗祀昊天於圜岳樂章
十一首，送文舞出迎武舞入用舒和；武舞用凱安。」

二一、奉和聖製龍池篇

作於開元二年（三七歲）

據《唐會要·卷二二·龍池壇》云：「開元二年閏二月詔令祠龍池，六月
四日右拾遺蔡孚獻龍池篇，集王公卿士以下一百三十篇。」

二二、南郊太尉酌獻武舞作凱安之樂

作於開元十一年（四六歲）

據《舊唐書・卷三十・音樂志三》：「開元十一年，玄宗祀昊天於圜岳樂章十一首：……；武舞用凱安。」

二三、奉和聖製送尚書燕國公赴朔方

作於開元十年（四五歲）

據《通鑑・卷二一二》云：「開元十年夏四月己亥，以張說兼知朔方軍節度使，閏（五）月壬申，張說如朔方巡邊。」

二四、奉和聖製途經華山

作於開元十二年（四七歲）

據《舊唐書・玄宗紀八》：「開元十二年十一月庚申幸東都，至華陰，上制岳廟文，勒之於石立，於祠南之道周。」

本詩云：「揆物知幽贊，銘勳表聖衷。」與御製相符。

二五、奉和聖製早登太行山率爾言志

作於開元十一年（四六歲）

據《通鑑・卷二一二》云：「開元春正己巳，車駕自東都北巡。庚辰至潞州。辛卯至并州。」

《舊唐書・玄宗紀八》：「十一年正月己巳北都巡狩。」

本詩云：「孟月攝提貞，乘時我后征。」是正月中作。

二六、奉和聖製登封禮畢洛城酺宴

作於開元十四年（四九歲）

據《舊唐書・玄宗紀八》：「開元十三年十二月己巳至東都。」

本詩云：「春華頓覺早，天澤倍加崇。」推知當作於十四年。

二七、奉和聖製經函谷關作

暫作於開元十二年（四七歲）

據《唐會要・卷二七・巡幸》：「開元十二年十一月四日幸東都。」

函谷關在今河南省靈寶縣西南，關去長安四百里。

〈奉和聖製途次陝州作〉云：「後殿函關盡，前旌塞路通。」所指當為函谷關。

二八、奉和聖製渡潼關口號

作於開元十二年（四七歲）

據《舊唐書‧玄宗紀八》:「十二年……冬十一月庚申,幸東都。至華陰,通典州郡維州:華陰郡、潼關……本名衝關,……衝激華山東,故以爲名。」

二九、奉和吏崔尚書雨後大明朝堂望南山

暫作於開元元年～三年秋

據《唐僕尚丞尚郎表‧卷三‧吏尚通表》:「自曲江入仕以終開元朝,崔氏爲吏尚者惟崔日用一人。崔氏於開元元年至二年春夏間見任,是年或明年左遷爲常州刺史。」

三十、和黃門廬監望秦始皇陵

作於開元四年（三九歲）

據《舊唐書‧玄宗紀八》:「開元三年正月癸卯黃門侍郎盧懷愼爲檢校黃門監。……開元四年十一月黃門監兼吏部尚書盧懷愼卒。」又云:「四年,二月丙辰幸新豐之溫湯。……,以關中旱,遣使祈雨於驪山,應時澍雨。」

三一、蘇侍郎紫微庭各賦一物得芍藥

暫作於開元元年～開元四年（三十歲～三九歲）

據《舊唐書‧卷九九‧蘇瓌傳》知蘇瓌任中書侍郎在瓌薨後。

《舊唐書‧卷七‧睿宗紀》:「景雲元年十一月庚午太子少傅蘇瓌薨。」

《舊唐書‧玄宗紀八》:「開元四年十二月乙丑紫微侍郎許國公蘇頲同紫微黃門平章事。」推知頲於開元四年末始拜相。

三二、和崔黃門直夜聽蟬之作

暫作於景雲二年（三四歲）

據《通鑑‧卷二一〇‧景雲元年》:「秋七月癸丑,以兵部侍郎崔日用爲黃門侍郎,參贊機務。」

本詩云:「蟬嘶玉樹枝。……又云:思深秋欲近。」推知當作於景雲元年之後。

三三、和姚令公從幸盥湯喜雪

作於開元二年（三七歲）

據《舊唐書‧玄宗紀八》:「玄宗曾於先天二年十一月幸新豐之溫湯,時姚崇兼紫薇令。開元三年冬無雪。四年秋忏相南歸。故知此詩當作於二年時。」

三四、和秋夜望月憶韓席等諸侍郎因以投贈吏部侍郎李林甫

作於開元二十年（五五歲）

據《文苑英華・卷二五○》有〈李林甫知秋夜望月憶韓席等諸侍郎因以投贈〉。

本詩云：「願欲接高論，清晨朝建章。」此詩當爲李林甫作。

三五、和吏部李侍郎見示秋夜望月憶諸侍郎之什其卒章有前後

作於開元二十年（五五歲）

據《舊唐書・卷一○六・李林甫傳》：「十四年宇文融爲御史，引爲同列，歷刑吏二侍郎。」

《唐僕尙丞郎表・卷十・吏侍輯考》云：「開元二十年或稍前，李林甫由刑侍遷吏侍。二十一年四月至十二月間，遷黃門侍郎。」

本詩云：「南宮尙爲後，東觀何其遼！」謂李在尙書，謂己在秘書省。

本集附錄〈誥命轉工部侍郎制署〉：「開元二十年口月三日。」又本集附錄〈誥命知制誥敕署〉：「開元二十年八月二十日。」由上推知本詩宜作於開元二十年。

三六、和崔尚書喜雨

作於開元二年（三七歲）

據《舊唐書・玄宗紀八》：「開元二年春正月，自去秋至於是月不雨，人多饑乏；遣使賑給，……名山大川，並令祈祭。」

本詩云：「上念人天重，先祈雲漢迴。」

三七、和王司馬折梅寄京邑昆弟

作於開元五年（四○歲）

據曲江〈開鑿大庾嶺路序〉云：「開元四年載冬十有一月，俾使臣左拾遺內供奉張九齡飲冰載懷。」

開元六年春，遷左補闕，自詔赴東都。

本詩云：「林倩迎春早，花愁去日遲。」當於春天之作。

三八、和許給事直夜簡諸公

作於開元八年～九年（四三歲～四四歲）

據《唐會要・卷二六・大射》：「開元八年九月七日制賜百官九日射，給事許景先駁奏。」

《冊府元龜・卷四六九・台省部》封駁作開元八年九月。

《舊唐書》作開元九年七月。未知孰是。

三九、和裴侍中承恩拜掃旋蠻途中有懷寄州縣官寮鄉園故親

作於開元二十年（五五歲）

據《舊唐書・玄宗紀八》：「開元二十年十月辛卯至潞州，辛丑至北都。」

本詩云：「扈從過晉北，問俗到河東。」

裴光庭爲絳州聞喜人，二十年正任吏部侍郎，其承恩拜掃當爲此年。

四十、和姚令公哭李尚書

作於開元四年（三九歲）

據《舊唐書・卷一○一・李乂傳》：「開元初，姚崇爲紫微令，薦乂爲紫微侍郎。……俄拜刑部尚書，……會病卒。」

《文苑英華・卷八一六・蘇頲》故刑部尚書中山李公詩法記：「唐開元四年景辰二月戊申朔二十六日癸酉，銀青光祿大夫刑部尚書昌文舘學士中山公薨於京師宣陽私第。」

四一、張承相與余有孝廉校理之舊又代余爲荊州故有此贈襄州刺史宋鼎

作於開元二十五年（六十歲）

據曲江酬宋使君作，知此詩當爲曲江初至荊州與宋鼎相答贈者。

四二、酬宋使君作

作於開元二十五年（六十歲）

據《通鑑・卷二一四》：「（二十五年）四月甲子貶九齡爲荊州長史。」

本詩云：「待罪尙南荊，政有留裳舊。」

四三、酬通事舍人寓直見示篇中兼起居陸舍人景獻

未審本詩作於何年。

四四、和黃門盧侍郎詠竹

暫作於開元二年～開元四年間（三七歲～三九歲）

據《唐僕尙丞郎表》：「盧懷愼於開元二年正月爲黃門監檢校吏尙。四年十一月罷職。」

《舊唐書・玄宗紀八》：「開元六年十二月甲寅門下侍郎盧懷愼同紫微黃門平章事。」

四五、和蘇侍郎小園夕霽寄諸弟

暫作於先天二年～開元四年間（三六～三九歲）

據《舊唐書・卷九九・蘇瓌傳》知蘇瓌任中書侍郎在壤薨後。

《舊唐書·卷七·睿宗紀》:「景雲元年……，太子少傅蘇瓌薨。」《舊唐書·卷八八·蘇頲傳》云:「開元四年，遷紫微侍，同紫微侍郎，同紫微黃門平章事。」

四六、和韋尚書答梓州兄南亭宴集

暫作於開元十一年～開元十三年間（四六歲～四八歲）

據《舊唐書·卷九二·韋抗傳》:「（開元）十一年……代陸象先爲刑部尚書。」

《唐僕尙丞郎表》:「十三年韋抗以本官充東都留守。」

《唐大詔令集·卷七四·命盧從愿祭岳瀆敕》云:「宜令……太常少卿張九齡祭南岳及南海。」

四七、與袁補闕尋蔡拾遺會此公出行後蔡有五韻詩見證以此篇答焉

暫作於開元二年～開元三年間（三五歲～三六歲）

據《舊唐書·卷九八·魏知古傳》:「……吏部尚書事，又擢用……左補闕袁暉……。」又云:「先天二年累封梁國公知吏部尚書。」

《唐會要·卷二二·龍池壇》云:「開元二年六月四日右拾遺蔡孚獻龍池篇。」

開元四年曲江忤相姚崇，告病南歸。

四八、酬趙二侍御使西軍贈兩省舊寮

暫作於開元十一年（四六歲）

據《金石萃編·卷七四·少林寺賜田勅》:「開元十一年十二月二十一日牒，判官殿中侍御史趙冬曦。」

《通鑑·卷二一二》云:」開元十一年五月己丑以王晙兼朔方軍節度使，巡河西隴右河東河北諸軍。」

本詩云:「使軍經隴月，征旆繞河風。」

四九、答陳拾遺贈竹簪

暫作於開元三年（三八歲）

據《通典·卷四七·皇太子及皇子宗廟》云:「太唐開元三年右拾遺陳貞節以諸太子廟不合守供祀享。」

《文苑英華·卷四〇〇·蘇頲授陳貞節太常博士制》亦稱:「宣議郎右拾遺供奉陳貞節。」

曲江於開元三年任左拾遺官，四年忤相姚崇，右病歸韶。

五十、答太常靳博士見贈一絕

暫作於早期仕宦時。

太常靳博士未詳爲何人。

觀本詩云：「惟餘幽徑草，尚待日光催。」或爲早年初仕時作品。

五一、酬宋使君見貽

暫作於開元二十五年（六十歲）

據本集附錄〈誥命赴荊州長史制署〉：「開元二十五年四月二十日。」《通鑑‧卷二一四》云：「四月甲子貶九齡荊州長史。」

本詩云：「但願白心在，終然涅不緇。」

五二、武司功初有幽庭春暄見詒夏首獲見以詩報焉

暫作於開元十五年～十八年間（五十～五三歲）

據《新唐書‧卷一一九‧武平一傳》：「玄宗立，貶蘇州參軍。」

《唐詩記事‧卷十五‧王灣晚春詣蘇州敬贈武員外》云：「持此功曹掾，初離華省郎。……萬里行驥足，十年暌鳳翔。」

本詩云：「雖言春事晚，尚想物華初。」或爲任洪州刺史時作品。

五三、贈澧陽韋明府

未詳作於何年代。

五四、酬周判官巡至始興會改秘書少監見貽之作兼呈耿廣州

作於開元十九年（五四歲）

本集附錄〈誥命守秘書少監制署〉：「開元十九年三月七日。

本集〈荊州謝上表〉：「臣往年按察嶺表，……訪問周子諒久經推覆，遙奏充判官。」

五五、在洪州答綦母學士

暫作於開元十五年～十八年間（五十～五三歲）

據本集附錄〈誥命授洪州刺史制署〉：「開元十五年三月十三日。」本集附錄〈語命轉授桂州刺史兼嶺南按察使制署〉：「開元十八年七月三日。」

五六、酬王六霽後書懷見示

作於開元五年（四十歲）

王履震，行六。曲江與之酬唱，或稱王六，或稱其名。

本詩云：「炎氛霽後滅，邊緒望中來。」

曲江於開元四年秋，忤相歸韶。開元六年春，遷左補闕，自韶赴東都，故此詩宜繫於開元五年。

五七、酬王六寒朝見詒

作於開元五年（四十歲）

曲江於開元四年秋，告病歸韶。開元六年遷左補闕，自韶赴東都。

五八、酬王履震遊園林見詒

作於開元五年（四十歲）

據曲江〈開鑿大庾嶺序〉云：「開元四載冬十有一月，俾使臣左拾遺內供奉張九齡，……革其坂險之故。」

開元六年春，遷左補闕，曲江自韶赴東都。

五九、登南岳事畢謁司馬道士

作於開元十四年（四九歲）

據《唐大詔令集·卷七四命盧從愿等祭岳瀆敕》云：「宜令……太常少卿張九齡祭南岳及南海。」原注：「開元十四年正月。」

本詩云：「將命祈靈岳，廻策詣真士。」

六十、登樂遊春望書懷

暫作於開元二十五年（六十歲）

據《長安志》云：「樂遊源居京城之最高，四望寬敞。」

本詩云：「已驚玄髮換，空度綠荑柔。奮翼籠中鳥，歸心海上鷗。」

曲江於二十五年四月左遷大都督府長史以後，未再入京，故推知此詩或為罷知政事後（開元二十四年十一月）作品。

六一、登襄陽恨峴山

作於開元二十六年至二十七年（六一歲至六二歲）

據《湖北通志·卷八·襄陽縣山川》云：「峴山在縣南七里。」

本集附錄〈誥命赴荊州長史制署〉：「開元二十五年四月二十日。」

〈徐碑〉云：「開元二十八年春，請拜掃南歸。」

本詩云：「逶迤春日遠，感物客情多。」

六二、九月九日登龍山

作於開元二十五年至二十六年間（六十歲至六一歲）

據〈始興南山下有林泉嘗卜居焉荊州臥病有懷此地詩〉云：「山下面清深，
蘿蔦自爲幄。知曲江夏季即臥病。」

《湖北通志・卷九・江陵縣山川》云：「龍山在縣西北十五里。」

六三、三月三日登龍山

作於開元二十六年至二十七年間（六一歲至六二歲）

據本集附錄〈誥命赴荊州長史制署〉：「開元二十五年四月二十日」

〈徐碑〉云：「開元二十八年春，請拜掃南歸。」

六四、晚霽登王六東閣

作於開元五年（四十歲）

本詩云：「初逢山雨晴，連空看嶂合。」爲夏日景。

曲江開元四年秋歸韶，六年春赴東都，故此詩當作於五年。

六五、登郡城南樓

作於開元十五年至十八年間（五十歲至五三歲）

據《南昌府志・卷七》此詩題作〈豫章郡南樓詩〉。

柳貫〈豫章樓銘〉：「泰定四年秋八月甲子重作南樓於城上。」

六六、歲初巡屬縣登高安南樓言懷

作於開元十五年至十八年間（五十歲至五三歲）

據《元和郡縣志・卷二八・江南道四・洪州》：「高安縣：東至州一五〇里，
本漢建城縣，武德五年改爲高安，仍於縣置靖州，八年廢州復爲縣，屬洪
州。」

本集附錄〈誥命授洪州刺史制署〉：「開元十五年三月十三日。」

六七、登樓望西山

作於開元十五年至十八年間（五十歲至五三歲）

據同治十六年修《南昌府志・卷二・新建縣山志》：「西山在縣志西章江外
三十里。」

六八、候使石頭驛樓

作於開元十五年（五十歲）

據《建康志》：「北緣大江，南柢秦淮口，……諸葛亮所謂石頭虎踞是也。」

六九、登荊州城樓

作於開元二十五年至二十七年間（六十歲至六二歲）

據本集附錄〈誥命赴荊州長史制署〉：「開元二十五年四月二十日。」

〈徐碑〉云：「開元二十八年春，請拜掃南歸。」

七十、登荊州城望江

作於開元二十五年至二十七年間（六十歲至六二歲）

七一、秋晚登樓望南江入始興郡路

暫作於開元十八年（五三歲）

據本集附錄〈誥命轉授桂州刺史兼嶺南按察使制署〉：「開元十八年七月三日。」

本詩云：「我來颯衰鬢，孰云飄華纓。櫪馬苦踡跼。籠离念遐征。」宜為初離洪州赴桂州作

七二、登臨沮樓

作於開元二十五年至二十七年間（六十歲至六二歲）

據《元和補志・四・南道江陵府・當陽縣》：「漢臨沮侯國故城在縣西北。」

本詩云：「雜樹緣青壁，樛枝掛綠蘿。」為夏日之景。

七三、登古陽雲臺

作於開元二十五年至二十六年間（六十歲至六一歲）

據《湖北通志・卷十八》：「當陽縣古蹟。」《太平御覽・荊州記》：「陽雲台在縣北：楚王所建。」

本詩云：「庭樹日衰颯，風霜未云已。」屬於秋、多之景。

七四、陪王司馬登薛公逍遙臺

作於開元五年（四十歲）

據《曲江縣志・卷八》：「逍遙臺在城南五里武水東，隋刺史薛道衡建。」

本詩云：「水去朝滄海，春來換碧林。」為春初之景色。

七五、賀給事嘗詣蔡起居郊舘有詩因命同作

暫作於開元十年（四五歲）

據《張說之集・卷七》有〈遙同蔡起居偃松篇〉。

《國秀集》有〈徐晶蔡起居山亭〉。

《文苑英華・卷三一五》有〈徐晶同蔡孚五亭詠〉。

《舊唐書・張九齡傳》云：「開元十年，三遷司勳員郎，時張說為中書令。」

七六、常與大理丞裴公太府丞田公偶詣一所林招尤勝因並坐其次相得甚

歡遂賦詩焉以詠其事

暫作於開元十二年（四七歲）

本詩云：「夏近林方密，春餘水更深，」似西京景色。又：「謂予成夙志，歲晚共抽簪。」躊躇滿志。

玄宗於十一年三月庚午還京後，十二年十一月庚申復東幸。而開元十年自張說柄政，頗親重之，薦爲中書舍人。

七七、與生公尋幽居處

未詳本詩作於何年代，約作於被外放時。

七八、與生公遊石窟山

未詳本詩作於何年代，約作於被外放時。

七九、林亭詠

暫作於開元二十八年（六三歲）

據本詩云：「從茲果蕭散，無事亦無營。」或爲被貶爲荊州長史後，晚年心境的寫照。

八十、郡舍南有園畦雜樹聊以永日

暫作於開元十五年～十七年間（五十～五二歲）

據本集附錄〈誥命轉授桂州刺史兼嶺南按察使制署〉：「開元十八年七月三日。」

本詩云：「江城何寂歷，秋樹亦蕭森。」似爲洪州任內作。

八一、臨泛東湖時任洪州

作於開元十五年～十七年間（五十～五二歲）

據本詩云：「晚秀復芬敷，秋光更遙衍。」當作於秋季。

八十二、始興南山下有林泉常卜居焉荊州臥病有懷此地

暫作於開元二十七年（六二歲）

據〈徐碑〉云：「開元二十八年春，請拜掃南歸。」又云：「五月七日遘疾薨於韶州曲江之私第。」

本詩云：「山下面清深，蘿蔦自爲幄。」似爲夏季之景。

八十三、高齋閑望言懷

暫作於開元十五年～十七年間（五十～五二歲）

本詩云：「延眺屬清秋。」又云：「紛吾自窮海，薄宦此中州。取路

無高足，隨波適下流。」似爲洪州任官時心境。

八十四、與弟遊家園

作於開元十四年（四九歲）

據本詩云：「定省榮君賜，來歸是晝遊。林鳥飛舊里，園菓釀新秋。」

曲江有〈夏日奉使南海在道中作〉，則秋初在韶，時序相合。

八十五、郡內閑齋

暫作於開元二十七年（六二歲）

曲江有〈始興南山下有林泉嘗卜居爲荊州臥病有懷此地〉。

本詩云：「拙病宦情少，羈間秋氣悲。」似爲同時作品。

八十六、晨出郡舍林下

暫作於開元二十五年～二十七年間（六十歲～六二歲）

本詩云：「晨興步北林，蕭散一開襟。」

據《唐詩記事・卷二二》云：「張曲江在荊州，有晨出郡舍林下詩，時崔頌爲郡司馬。」

八十七、司馬崔頌和

作於開元二十五年～二十七年間（六十歲～六二歲）

據《唐詩記事・卷二二》云：「張曲江在荊州，有晨出郡舍林下詩，時崔頌爲郡司馬。」

八十八、晨坐齋中偶而成詠

暫作於開元二十七年（六二歲）

本詩云：「寒露潔秋空。」又云：「徂歲方睽攜，歸心亟踯躅。」似爲晚年居荊州的心境。

八十九、園中時蔬盡皆鋤理唯秋蘭數本委而不顧彼雖一物有足悲者遂賦二章

暫作於開元二十五年～二十七年間（六十歲～六二歲）

本詩云：「墢藋已成歲，園葵亦向陽。」又云：「人多利一飽，誰復惜馨香？」或爲罷相後，貶荊州長史時作。

九十、闕，無考

九十一、城南隅山池春中田袁二公盛稱其美夏首獲賞果會夙言故有此詠

暫作於開元十三年（四八歲）

據《舊唐書・玄宗紀八》：「開元十二年十一月庚申幸東都。」

據《舊唐書・玄宗紀八》：「開元十三年十一月甲午，發岱嶽。」

本詩云：「津揚委綠夷，荷青初出浦。」非長安之景，頗似洛陽風貌。

九十二、林亭寓言

暫作於開元五年（四十歲）

本詩云：「林居逢歲宴，遇物使情多。」又云：「蘅茞不時與，芬榮奈汝何？」似自傷不得志也。

曲江於開元四年秋，忤相南歸，至開元六年春離韶赴東都。

九十三、南山下舊居閑放

暫作於開元二十八年（六三歲）

〈曲江公行狀〉云：「公歸營州南山水，卜築茅齋。」

〈徐碑〉云：「開元二十八年春，請拜掃南歸。」又云：「五月七日，遘疾薨於韶州曲江之私第。」

九十四、感遇詩一

九十五、感遇詩二

九十六、感遇詩三

九十七、感遇詩四

九十八、感遇詩五

九十九、感遇詩六

一○○、感遇詩七

一○一、感遇詩八

一○二、感遇詩九

一○三、感遇詩十

一○四、感遇詩十一

一○五、感遇詩十二

作於開元二十五年（六十歲）

曲江於開元二十四年爲中書令，諫相牛仙客，被罷知政事，充右丞。

〈感遇詩〉五：「美服患人指，高明逼神惡。今我遊冥冥，弋者何所慕。」

一〇六、當塗界寄裴宜州

> 作於開元十五年（五十歲）
>
> 本詩云：「故人宣城守，亦在江南偏。」乃曲江授洪州刺史過當塗時作。

一〇七、敬酬當塗界留贈宣州刺史耀卿

> 作於開元十五年（五十歲）
>
> 本詩云：「茂生實王佐，仲舉信時英。……珪符肅有命，江國遠徂征，爲裴耀卿詩。」

一〇八、再酬使風貝示刺史裴耀卿

> 作於開元十五年（五十歲）

一〇九、餞主尚書出邊

> 作於開元十一年（四六歲）
>
> 據《通鑑・卷二一二》：「開元十一年五月己丑以王晙兼朔方軍節度大使巡河西隴右河東河北諸軍。」又云：「開元十一年夏……以吏部尚書王晙爲兵部尚書……。」

一一〇、送趙者護赴安西

> 作於開元十四年（四九歲）
>
> 據《元和姓纂・卷三十・小中山趙氏條》云：「顗（頤字之誤）貞員外職方郎中。安西都護。」
>
> 《舊唐書・卷一九四下・突厥下・蘇祿傳》：」開元中安西都護杜暹入知政事，趙頤貞代爲都護。」
>
> 《舊唐書・玄宗紀八》：「開元十四年九月……兼磧西護杜暹同中書門下平章事。」
>
> 本詩云：「南至三多晚，西馳萬里寒。」時間相合。

一一一、送使廣州

> 暫作於開元十八年（五三歲）
>
> 據本集附錄〈誥命轉授桂州刺史兼嶺南按察使制署〉：「開元十八年七月三日。」
>
> 本詩云：「家在湘源住，君今海嶠行。經過中正道，相送倍爲情。」成爲桂州時作。

一一二、送姚評事入蜀各賦一物得卜肆

　　　　未詳本詩作於何年代。

一一三、送竇校書見餞得雲中辨江樹

　　　　未詳本詩作於何年代。

一一四、餞王司馬入計同用洲字

　　　　作於開元五年（四十歲）

　　　　據曲江〈為王司馬祭甄都督文〉云：「維開元五年歲次丁巳九月……
　　　　官某謹以清酌之奠，祭於廣州都督甄公之靈。」

　　　　曲江於開元四年秋歸韶，開元六年春離韶赴東都。

一一五、東湖臨泛餞王司馬

　　　　作於開元五年（四十歲）

　　　　曲江於開元四年秋至開元六年春居韶時，頗從王司馬交遊。

　　　　本詩云：「南土秋雖半，東湖草未黃。」

一一六、餞濟陰梁明府各探一物得荷葉

　　　　未詳本詩作於何年代。

一一七、餞陳學士還江南同用徵字

　　　　暫作於開元十九年～二十二年間（五四歲～五七歲）

　　　　據曲江〈祭張燕公文〉云：「維年月朔日，族子秘書少監集賢院學士
　　　　某……。」

　　　　本集附錄〈誥命守秘書少監制署〉：「開元十九年三月七日。」

　　　　《新唐書・卷二二三上・姦臣陳希烈傳》云：「十九年為集賢院學士
　　　　進工部侍知院士。」開元二十二年曲江加銀青光祿大夫，集賢院學
　　　　士、知院事。

一一八、通化門外送別

　　　　暫作於開元二十年～二十一年（五五歲～五六歲）

　　　　據《唐六典・卷七・工部郎中員外郎》：「京城在河華……北日通化
　　　　門。」

　　　　〈徐碑〉云：「擢秘書少監、集賢院學士、副知院事。……。累乞歸
　　　　養。上深勉焉。」

　　　　本詩云：「義將私愛隔，情與故人歸。」

一一九、送楊道士送天台
　　　　未詳本詩作於何年代

一二〇、送楊府李功曹
　　　　未詳本詩作於何年代

一二一、送宛句趙少府
　　　　未詳本詩作於何年代

一二二、送韋城李少府
　　　　暫作於開元十六年～十八年（五十歲～五三歲）
　　　　本詩云：「送客南昌尉，離亭西候春。」為在洪州時春天之作

一二三、送蘇主簿赴偃師
　　　　暫作於開元十五年前（五十歲前）
　　　　據《文苑英華・卷七八四》有〈蘇頲從叔任偃師主簿以馬鞭等奉別
　　　　贊〉五首。
　　　　《舊唐書・玄宗紀八》：「開元十五年七月甲戌禮部尚書蘇頲卒。」
　　　　曲江集附錄〈誥命授洪州刺史制署〉：「開元十五年三月十三日。」

一二四、送廣州周判官
　　　　作於開元十八年（五三歲）
　　　　曲江集〈荊州謝上表〉云：「臣往年按察嶺表，便道赴使，訪問周子
　　　　諒，久經推覆，遙集秦充判官。」

一二五、別鄉人南還
　　　　未詳本詩作於何年代。

一二六、郡江南上別孫侍郎
　　　　作於開元十五年～十七年間（五十歲～五二歲）
　　　　曲江集有〈監察御史孫翊奉酬測州江上見贈詩〉云：「受命讞封疆，
　　　　逢君牧豫章。」當作於洪州刺史任內。

一二七、奉酬洪州江上貝贈監察御使孫翊
　　　　作於開元十五年～十七年間（五十歲～五二歲）

一二八、江上遇風疾
　　　　暫作於開元十五年（五十歲）

本詩云：「疾風江上起，鼓怒揚煙埃。」曲江於十五年夏季前抵洪州，或作於此時。

一二九、初發江陵有懷

暫作於開元二十八年（六三歲）

江陵居湖北省，在潛江縣西，唐爲江陵府。

〈徐碑〉云：「開元二十八年春，請拜掃南歸。」

本詩云：「扁舟從此去，鷗鳥自爲群。」

一三〇、自豫章南還江上作

作於開元十八年（五三歲）

據曲江集附錄〈誥命轉授桂州刺史兼嶺南按察使制署〉：「開元十八年七月三日。」

本詩云：「歸去南江水，磷磷見底清。」時間吻合。

一三一、道逢北使題贈京邑親知

未詳本詩作於何年代。

本詩云：「歲晏無芳草，將寄何寄所思。」爲歲暮景色。

一三二、江上使風呈裴宣府

作於開元十五年（五十歲）

據《新唐書·卷九八·裴耀卿傳》：「十三年爲濟州刺史，歷宣冀二州刺史。」

本集附錄〈誥命授洪州刺史制署〉：「開元十五年三月十三日。」

一三三、豀行寄王震

作於開元五年（四十歲）

曲江於開元四年開元六年春赴東都，其間頗從王履震遊。

本詩云：「閑棹此中行，叢桂林間待，群鷗水上迎。」

一三四、將至岳陽有懷趙二

作於開元四年（三九歲）

據《張說之文集·出湖寄趙多曦詩》：「湘浦未賜環，荊門猶主諾。」

趙多曦於開元初，坐事流岳州，時張說亦貶岳州，多曦得與周遊。

本詩云：「湘浦多深林，青冥晝結陰。」當爲曲江忤相南歸時經岳陽所作。

一三五、南陽道中作

作於開元二十五年～二十七年間（六十歲～六二歲）

本詩云：「登郢屬歲陰，及宛懨所適。」郢、苑皆屬荊州。

一三六、西江夜行

暫作開元十九年（五四歲）

開元十九年春，曲江自桂州初出行巡按嶺南諸州。

西江：上源爲桂、黔、鬱三江，合於廣西省蒼梧縣，東流爲西江。

本詩云：「悠悠天宇曠，切切故鄉情。」

一三七、使還湘水

作於開元十四年（四九歲）

據《唐大詔令集・卷七四・盧從愿等祭岳瀆敕》云：「宜令……太常少卿張九齡祭南岳及南海。」原注：「開元十四年正月。」

本詩云：「言旋今愜情，鄉郊向千里。」

一三八、初發道中寄遠

暫作於開元十四年（四九歲）

據本集附錄〈誥命授冀州刺史制署〉：「開元十四年五月十四日。」

本詩云：「日夜鄉山遠，秋風復此時。」或爲秋天還東都途中作。

一三九、湘中作

作於開元十九年（五四歲）

本集附錄誥命守秘書少監制署：開元十九年三月七日。

本詩云：「懷祿未能已，瞻途屢所經。」曲江於開元十九年夏初巡至韶州，旋及赴東都洛陽。

一四〇、自湘水南行

暫作於開元十四年（四九歲）

本詩云：「誰云有物役，來此更休間。」或作於祭南岳，南海途中。

一四一、南還湘水言懷

作於開元四年（三九歲）

本詩云：「拙官今何有？勞打念不成。十年乖夙志，一別悔前行。歸去田園老，儻來軒冕輕。江間稻正熟，林裏桂初榮。」當爲曲江於開元四年忤相南歸所作。

一四二、初入湘中有喜

　　暫作於開元十四年（四九歲）

　　曲江詩〈湘中作〉云：「湘流繞南嶽。」

　　曲江於開元十四年正月奉祭南岳，或爲此時所作。

一四三、商洛山行懷古

　　未詳本詩作於何年代。

一四四、耒陽溪夜行

　　暫作於開元十四年（四九歲）

　　本詩云：「嵐氣船間入，霜華衣上浮。」

　　耒水：源出汝城縣耒山，……至衡陽東入湘水。

　　曲江於秋初（十四牛）在韶，旋返洛陽，本詩或作於此時。

一四五、江上

　　暫作於開元十九年（五四歲）

　　本集附錄〈誥命守秘書少監制署〉：「開元十九年三月七日。」

　　本詩云：「憶將親愛別，行爲主恩酬。感激空如此，芳時屢已遒。」

　　曲江於開元十九年轉桂州刺史時，有自豫章南還江上詩。同年夏至韶，旋及返東都任職，本詩或作於此時。

一四六、自彭蠡湖初入江

　　作於開元十五年（五十歲）

　　據《漢書・地理志》：「彭蠡澤，在豫章彭澤縣南。」

一四七、赴使瀧峽

　　作於開元十四年（四九歲）

　　據《水經・溱水注》：「悉曲江縣界，崖峻險阻，巖嶺干无，謂之瀧中。懸湍廻注，……名之瀧水。」

　　本詩云：「秋猿斷去心，別離多遠思。」當爲曲江祭南海事畢，秋日離家返北途中作。

一四八、湖口望廬山瀑布水

　　作於開元十五年（五十歲）

　　據本集附錄〈誥命授洪州刺史制署〉：「開元十五年三月十三日。」

　　本詩爲赴洪州任上過江州時作。

一四九、彭蠡湖上

　　作於開元十五年（五十歲）

一五○、經山寧覽舊跡至玄武

　　作於開元十五年（五十歲）

　　本應云：「山雖暮府在，舘豈豫章留。」

　　曲江一生惟有任洪州刺史時在江南，赴任時蓋自東都循漕、入鄱陽
　　湖而至洪州。

一五一、入廬山仰望瀑布水

　　作於開元十五年（五十歲）

一五二、出為豫章郡途次廬山東巖下

　　作於開元十五年（五十歲）

一五三、巡屬縣道中作

　　作於開元十九年（五四歲）

　　《元和郡縣圖志‧卷三四》：「廣州，西北至東都取桂州路五千八百
　　里；東北至韶州五百三十里，又云：桂州北至東都三千四百五十五
　　里。」

　　本詩云：「春令夙所奉，駕言遵此行。」曲江相在韶，則其出不遲於
　　十九年春。

一五四、南還以詩代書贈京都舊寮

　　作於開元四年（三九歲）

　　〈徐碑〉云：「遷左拾遺，封章直言，不協時宰；方屬辭病，拂衣告
　　歸。」

　　本詩云：「不諂詞多忤，無容禮兼卑。微生尚何有，遠跡固其宜。」

一五五、初發道中贈王司馬兼寄諸公

　　作於開元六年（四一歲）

　　據〈徐碑‧敘開大庾嶺後〉云：「特拜左補闕。」

　　本詩云：「昔歲嘗陳力，中年退屏居。……不意棲愚谷，無階奉詔書。」

　　又云：「景物春來異，音容日向疏。」

　　曲江六年十月已在洛陽，則北上當在今春。

一五六、夏日奉使南海在道中作

作於開元十四年（四九歲）

據《唐大詔令集・卷七四・命盧從愿等祭仁瀆敕》云：「宜令……太常少卿張九齡祭南岳及南海。原注：開元十四年正月。」

一五七、滇陽峽

暫作於開元十九年（五四歲）

據《水經注》：「溱水西南歷皋石，太尉二山之間，是曰滇陽峽。」

《始興記》：「梁、鮮二水石下流有滇陽峽，長二十餘里。」

本詩云：「水闇先秋冷，山晴當晝陰。」曲江曾於開元十九年夏巡至韶州。

一五八、使至廣州

作於開元十四年（四九歲）

本詩云：「昔年嘗不調，茲地亦邅廻。本謂雙鳧少，何謂駟馬來。」用陸賈使南越事。

曲江於開元十四年奉使南海，秋初在韶，至廣州當於此時；且本奉使諸詩，曲江皆題云：奉使、赴使、使還，製題相類。

一五九、春江晚景

暫作於開元十九年（五四歲）

本詩云：「征路那逢此，春心益渺然。」

曲江於開元十九年辛末春自桂州出行巡按嶺南諸州。

一六〇、與王六履震廣州津亭曉望

作於開元五年（四十歲）

本詩云：「明發臨前渚，寒來淨遠空。」

曲江於開元四年秋忤相歸韶，開元六年春赴東都，於其間與王履震交遊甚密。

一六一、初發曲江谿中

作於開元十九年（五四歲）

本詩云：「溪流清且深，松石復陰臨。正爾可嘉處，胡為吾嘗心，我猶不忍別。」

本集附錄〈語命守秘書監制署〉：「開元十九年三月七日。」

曲江於夏初，巡至韶州；奉改秘書少監牒，即赴京。

一六二、自始興谿夜上赴嶺

暫作於開元十九年（五四歲）

本詩云：「征途屢及此，初復已非然。」又云：「日落青巖際，谿行綠篠邊。」

曲江於十九年夏初曾巡至韶州，至此後惟開元二十八年春自荊南返，不久即逝。

一六三、奉使自藍田玉山南行

作於開元十四年（四九歲）

《元和郡縣圖志・卷一》：「藍田縣東北至（京兆）府八十里，藍田山一名玉山，……在縣東三十八里。」

本詩云：「嶢武經陳迹，衡湘指故園。」

曲江於開元十四年奉祭南岳、南海，自京首途即是藍田縣。

一六四、巡按自灕水南行

作於開元十九年（五四歲）

本詩云：「奇峰岌前轉，茂樹隈中積。」又云：「即事聊獨歡，素懷豈兼適。」

本集附錄〈誥命轉授桂州刺史兼嶺南按察使制署〉：「開元十八年七月三日。自洪赴桂，復遶道廣州，則抵桂之日，最早爲十八年冬。」

一六五、使還者湘東作

作於開元十四年（四九歲）

本詩云：「蒼鶊昨歸，陽鳥今去時。」屬深秋景色。

舊《唐書・玄宗紀卷八》：「玄宗十三年十二月己巳東封還，十四年在東都，直至十五年閏九月庚申始發東都還京師。」

一六六、旅宿淮陽亭口號

未詳本詩作於何年代。

一六七、望月懷遠

暫作於開元十五年～十七年間（五十歲～五二歲）

本詩云：「海上生明月，天涯共此時。」

一六八、秋夕望月

暫作於開元十五年～十七年間（五十歲～五二歲）

本詩云：「清迥江城月，流光萬里同。」

一六九、詠鷰

作於開元二十四年（五九歲）

據唐孟棨《本事詩》云：「張曲江與李林甫同列，玄宗以文學精識深器之，林甫嫉之若讎。曲江度其巧譖，終不免，爲海燕詩以致意。」

《唐詩紀事・卷十五》：「九齡在相立……林甫時方同列，陰欲中之。」

本詩之作當在開元二十四年罷相之前。

一七〇、詠史

作於開元二十四年（五九歲）

《唐詩紀事・卷十五》：「九齡在相位，……林甫方同列，陰欲中之。將加朔方節度使牛仙客實封，九齡稱其不可，甚不叶帝旨。他日，林甫請見，屢陳九齡頗懷誹謗。」

本詩云：「輕既長沙傅，重亦邊郡徙。賢哉有小白，讎中有管氏。」

一七一、勅賜寧主池宴

未詳本詩作於何年代。

一七二、龍門旬宴得月字韻

作於開元二十年（五五歲）

據《顏魯公集・卷十四・通議大夫守太子賓客東都副留守雲騎尉贈尚書左僕射博陵崔孝公宅陋室銘記》云：「二十年春奉敕撰龍門公宴詩序。」

一七三、天津橋東旬宴得歌字韻

未詳本詩作於何年代。

一七四、上賜水腮旬宴得移字韻

作於開元二十年（五五歲）

據《舊唐書・玄宗紀八》：「開元二十年夏四月乙亥讌百寮於上陽東州。」

《文苑英華・一六八》有〈孫逖奉和四月三日上陽水窗賜應制得春字〉。

本詩云：「朝來逢宴喜，春盡却妍和。」

一七五、故刑部李尚書荆谷山集會

未詳本詩作於何年代。

一七六、三月三日申王園亭宴集

　　　暫作於開元六年～十二年間（四一歲～四七歲）

　　　據《舊唐書・玄宗紀八》：「開元十二年十一月庚辰申王撝薨。開元六年春，遷左補闕，自詔赴東都。」

一七七、恩賜樂遊園宴

　　　作於開視十二年（四七歲）

　　　據《舊唐書・玄宗紀八》：「開元十一年戊寅，親祀南郊……賜酺三日，京城五日。」

　　　崔沔詩：「五日酺初畢，千年樂未央。」

　　　本詩云：「朝慶千齡始，年華二月中。」

一七八、驪山下逍遙公舊居遊集

　　　作於開元二十五年（六十歲）

　　　《王右丞集・卷十九・暮春太師左右丞相諸公于逍遙谷讌序》云：「時則太子太師徐國公，左丞相稷山公，右丞相始興公，……詔有不名，命無下拜。」

　　　曲江於開元二十四年冬遷右丞相，二十五年四月貶荊州長史。

一七九、祠紫蓋山經玉泉山寺

　　　作於開元二十五年～二十六年間（六十歲～六一歲）

　　　《湖北通志・卷九・當陽縣山川》：」紫蓋山在縣南五十里。玉泉山在縣西三十里。」

　　　《孟浩然集》有〈陪張丞相祠紫蓋山途經玉泉詩〉。

　　　《新唐書・卷二○三・浩然傳》云：「張九齡為荊州，辟置于府。」

一八〇、冬山經玉泉山寺屬窮陰水閑崖谷無景及仲春行縣復往焉故有此作

　　　作於開元二十五年～二十七年間（六十歲～六二歲）

　　　《輿地紀勝・卷七八・荊門軍・景物上》：「玉泉寺在當陽縣西南二十里，山曰玉泉山。」

一八一、郢城西北有大古塚數十觀其封域多是楚時諸王而年代久遠不復可識唯直西有樊妃塚因後人為植松柏故行路盡知之

作於開元二十五年～二十七年間（六十歲～六二歲）

一八二、戲題春意

作於開元十八年（五三歲）

本詩云：「一作江南守，江林三四春。」

曲江于開元十五年授洪州刺史，十八年七月轉桂州刺史。

一八三、同綦母學士月夜聞雁

作於開元十五年～十八年（五十歲～六三歲）

曲江集有〈在洪州答綦毋潛學士詩〉。

本詩云：「避繳歸南浦，離群叫北林。」

一八四、立春日晨起對積雪

作於開元二十六年（六一歲）

《孟浩然集・卷三》有〈和張丞相春朝對雪詩〉云：「迎氣當春立。」

《新唐書・卷二○三・浩然傳》：「張九齡爲荊州，辟置于府。」

《舊唐書・玄宗紀八》：「東郊齋祭所，應見五神來。」又云：「開元二十六年春正月丁丑親迎氣於東郊祀青氣。」

一八五、庭詠梅

暫作於開元二十四年（五九歲）

本集附錄〈誥命充右丞制署〉：「開元二十四年十一月二十七日。」

《彙編唐詩》：「唐云：此曲江罷相後作，讀落句可見危字說盡一生艱苦，不改歲寒已足標節，奈妒之者眾。」

本詩云：「朝雪那相妒，陰風已屢吹。」

一八六、照鏡見白髮聯句

暫作於開元二十七年～二十八年（六二歲～六三歲）

本詩云：「宿苷青雲志，蹉跎白髮年。」或爲曲江晚年作。

一八七、折楊柳

暫作於開元二十五年～二十八年（六十歲～六三歲）

本集附錄〈誥命赴荊州長史制署〉：「開元二十五年四月二十日。」

本詩云：「更愁征戍客，容鬢老邊塵。或爲貶荊州後作。」

一八八、巫山高

未詳本詩作於何年代。

一八九、翦綵
　　　　作於景龍四年（三三歲）
　　　　《唐詩紀事・卷九・李適條》云：「景龍四年正月……八日立春賜綵花。」又卷十有〈李嶠剪綵花應製〉。卷十一有〈武平一正月八日立春內出綵花賜近臣應製〉。卷十四有張說八日迎春賜綵花。
　　　　本詩云：「姹女矜容色，爲花不讓春。」

一九○、聽箏
　　　　未詳本詩作於何年代。

一九一、賦得自君之出矣
　　　　未詳本詩作於何年代。

一九二、荊州作二首
　　　　作於開元二十五年（六十歲）
　　　　本詩之一云：「免相安得群，眾口金可鑠。」之二云：「竊位三歲寒，誰謂誠不盡。」當作於初貶荊州時。

一九三、荊州作之二
　　　　作於開元二十五年（六十歲）

一九四、在郡秋懷二首之一
一九五、之二
　　　　作於開元二十五年（六十歲）
　　　　本詩云：「五十二無聞，古人深所疵。」

一九六、郡府中每晨興輒見群鶴東飛至暮又行列而返嗃唳雲路其和樂焉予愧獨處江城常目送此意有所羨遂賦以詩
　　　　本詩云：「羅鳥好相依，遠集長江靜。」當爲洪州時作。

一九七、忝官二十年盡在內職及為郡嘗積戀因賦詩焉
　　　　作於開元二十五年（六十歲）
　　　　曲江於景龍元年三十歲時授教書郎，至今開元十五年正爲任官二十年

一九八、初秋憶金均兩弟
　　　　暫作於開元二十五年～二十七年間（六十歲～六二歲）

《文苑英華・卷八九九・殿中監張九皋碑》:「及元昆出牧荊鎮,公亦隨貶外臺,遂歷安康、淮安、彭城、睢陽四郡守。」

《通典・卷一七一》:「安康即金州。」

本詩云:「憂喜嘗同域,飛鳴忽異林。」

一九九、弟宰邑南海見群鷹南飛因成詠以寄

作於開元二十年～二十一年間(五五歲～五六歲)

本詩云:「為我更南飛,因書至梅嶺。」

據〈徐浩碑〉:「上深勉焉,遷公弟九皋、九章官近州里,伏臘賜告。」曲江兩弟為嶺南刺史在二十年八月後,二十一年秋丁母憂解官,此後據九皋碑所敘官歷,曲江在世之日,不復為嶺守令。

二〇〇、將發還鄉示諸弟

暫作於開元四年(三九歲)

本詩云:「歲陽亦頹止,林意日蕭摵。」又云:「無力主君恩……去去榮歸養。」

曲江於開元四年秋忤相姚崇告病歸韶。

二〇一、敘懷二首

二〇二、其二

暫作於開元二十四年(五九歲)

本詩云:「已矣直躬者,平生壯圖失。」

曲江於任相內頗受林甫等詆毀,漸不為玄宗所用,本詩或為罷相後作。

二〇三、秋懷

作於開元二十五年～二十七年間(六十歲～六二歲)

本詩云:「東南起歸望,何處是江天。」或於荊州任內作。

二〇四、雜詩五首

二〇五、其二

二〇六、其三

二〇七、其四

二〇八、其五

作於開元二十五年（六十歲）

據《唐詩紀事・卷十五》：」曲江在相位，……木甫方同列，屢陳九齡頗誹謗。」

本詩一云：「凡鳥已相噪，鳳凰安得知。」

本詩四云：「浦上青楓林，津滂白沙渚。」

二〇九、故刑部李尚書挽歌詞三首

二一〇、其二

二一一、其三

作於開元四年（三九歲）

《文苑英華・卷八九三・蘇頲唐紫微侍郎贈黃門監李乂神道碑》云：「享年六十歲，開元四年丙辰歲仲春薨於京師宣陽里第。……以其夏丙申卜葬長安細柳原東北。」

本詩云：「仙宗出趙北。」又云：「同盟會五月。當知為挽李乂葬時。」

二一二、故徐州刺史贈吏部侍郎蘇公挽歌詞三首

二一三、其二

二一四、其三

作於開元七年（四二歲）

《新唐書・卷一二五・蘇懷傳附詵傳》云：「出徐州刺史，……卒贈吏部侍郎。」

《寶刻叢編・卷七・長安縣》：「唐右監門衛將軍安思碑：唐蘇詵撰。」

《金石錄・卷五・第九四三》：「唐徐州刺史蘇詵碑：裴耀卿撰……開元七年八月。」

本詩云：「返葬長安陌，秋風簫皷悲。」

二一五、故滎陽君蘇氏輓歌詞

二一六、其二

二一七、其三

未詳作於何年代。

二一八、眉州康司馬挽歌

未詳作於何年代。

二一九、題書山水障

　　　　暫作於開元二十七年～二十八年（六二歲～六三歲）

　　　　本詩云：「塵事固已矣！秉意終不遷。」又云：「靜無戶庭出，行已茲地偏。」或爲晚年時作品。

二二〇、讀書巖中寄沈郎中（僞詩）

二二一、奉和聖製途次陝州作

　　　　作於開元十二年（四七歲）

　　　　本詩云：「行看洛陽陌，光景麗中天。」

　　　　《張說之集》〈奉和聖製途次陝州應制〉：「洛城將日近，佳氣滿山川。」張說卒於開元十八年。

　　　　《舊唐書・玄宗紀八》：「（開元）十二年冬十一月，幸東都。」

二二二、登總持寺閣

　　　　未詳作於何年代。

二二三、晚憩王少府東閣

　　　　未詳作於何年代。

二二四、洪州西山祈雨是日輒應因賦詩言事

　　　　作於開元十五年～十八年（五十歲～五三歲）

　　　　同治十六年修《南昌府志・卷二・新建縣山》云：「西山在縣治西章江外三十里。」

　　　　曲江於開元十五年夏至洪州，十八年七月授桂州刺史

二二五、答王維

　　　　作於開元二十五年～二十七年間（六十歲～六二歲）

　　　　本詩云：「荊門憐野宿宿，湘水漸飛鴻。」

　　　　本集附錄〈誥命赴荊州長史制署〉：「開元二十五年四月二十日。」

　　　　〈徐碑〉云：「開元二十八年春，請拜掃南歸。」

第四章 《曲江集》集評

柳子厚〈楊評事文集序〉：

　　文有二道，辭令褒貶，本乎著述者也。道楊諷諭，本乎比興者也。
著述者流，蓋出於書之謨訓，易之象系，春秋之筆削，其要在於高
壯廣厚，詞正而理備，謂其藏於簡冊也。比興者流，蓋出乎虞夏之
詠歌，殷周之風雅，其要在乎麗則清越，言暢而意美，謂宜流於謠
誦也。唐興以來稱是選而不怍者，梓潼陳拾遺。其後燕文貞以著述
之餘，攻比興而莫能極。張曲江以比興之隙，窮著作而不克備。其
餘各探一隅，相與背馳於道者，其去彌遠。文之難兼，斯亦甚矣。

唐‧劉肅《大唐新語》云：

　　1. 牛仙客爲涼州都督，節財省費，軍儲所積萬計。崔希逸代之，具
以聞，詔刑部尚書張利貞覆之，有實。玄宗大悅，將拜爲尚書。張
九齡諫曰：「不可。尚書，古之納言，有唐以來，多用舊相居之。不
然，歷踐內外清貴之地、妙行德望者充之。仙客本河湟典耳，拔昇
清流，齒班常伯，此官邪也。又欲封之，良爲不可。漢法，非有功
不封。唐尊漢法，太宗之制也。邊將積穀帛，繕兵器，蓋將帥之常
務。陛下念其勤勞，賞之金帛可也，尤不可列地封之。」玄宗怒曰：
「卿以仙客寒士嫌之耶？若是，如卿豈有門籍！」九齡頓首曰：「荒
陬賤類，陛下過聽，以文學用臣。仙客起自胥吏，目不知書。韓信，
淮陰一壯士耳，羞與絳、灌同列。陛下必用仙客，臣亦恥之。」玄
宗不悅。翌日，李林甫奏：「仙客宰相材，豈不堪一尚書？九齡文吏，

拘於古義，失於大體。」玄宗大悅，遂擢仙客爲相。先是，張守珪累有戰功，玄宗將授之以宰相。九齡諫曰：「不可。宰相者，代天理物，有其人而後授，不可以賞功。若開此路，恐生人心。傳曰：國家之敗，由官邪也。官濫爵輕，不可理也。若賞功臣，即有故事。」玄宗乃止。九齡由是獲譴。自後朝士懲九齡之納忠見斥，咸持祿養恩，無敢庭議矣。(《大唐新語》七)

2. 張九齡開元中爲中書令，范陽節度使張守珪奏裨將安祿山頻失利，送就戮於京師。九齡批曰：「稿苴出軍，必誅莊賈；孫武行令，亦斬宮嬪。守珪軍令若行，祿山不宜免死。」及到中書，九齡與語久之，因奏曰：「祿山狼子野心，而有逆相，臣請因罪戮之，冀絕後患。」玄宗曰：「卿勿以王夷甫識石勒之意，誤害忠良。」更加官爵，放歸本道。至德初，玄宗在成都思九齡之先覺，詔曰：「正大廈者，柱石之力，昌帝業者，輔相之臣。生則保其雄名，歿則稱其盛德。飾終未允於人望，加贈實存於國章。故中書令張九齡，維岳降神，濟川作相，開元之際，寅亮成功，讜言定於社稷，先覺合於蓍龜。永懷賢弼，可謂大臣。竹帛猶存，樵蘇必禁。爰從八命之秩，更重三台之位。可賜司徒，仍令遣使，就韶州致祭者。」(《大唐新語》·一)。

3. 玄宗將封禪泰山，張說自定升山之官，多引兩省工錄及己之親戚。中書舍人張九齡言於說曰：「官爵者，天下之公器，德望爲先，勞舊爲次。若顛倒衣裳，則譏議起矣。今登封沛澤，千載一遇，清流高品不沐殊恩，胥吏末班先加章紱，但恐制出之後，四方失望。今進草之際，事猶可改。」說曰：「事已決矣。悠悠之談，何足慮也。」果爲宇文融所劾。(《大唐新語》三)。

唐・司空圖《司空表聖文集》云：

司空圖云：張曲江五言沉鬱，亦其文筆也。

唐・段成式《酉陽雜俎》：

感遇云蘭葉春葳蕤，桂華秋皎潔。欣欣此生意，自爾爲佳節。誰知林棲者，開風坐相悅。草木有本心，何求美人折。

段成式云：桂花三月生黃而不白，曲江云桂花秋皎潔，妄矣。

唐・馮贄《雲仙雜記》云：

張曲江語人曰：「學者常想胸次吞雲夢澤，筆頭湧若耶溪，量既并包，文亦浩瀚。」（《雲仙雜記》卷一）。

五代・王仁裕《開元天寶遺事》云：

1. 張九齡少年時，家養羣鴿，每與親知書信往來，只以書繫鴿足上，依所教之處飛往投之。九齡目之爲飛奴。時人無不愛訝。（《開元天寶遺事》上）

2. 張九齡累歷刑獄之司，無所不察。每有公事赴本司行勘，胥吏輩未敢訊劾，先取則於九齡。囚於前，面分曲直，口撰案卷，囚無輕重，咸樂其罪。時人謂之張公口案。（《開元天寶遺事》下）

3. 明皇以李林甫爲相，後因召張九齡問可否，九齡曰：「宰相之職，四海具瞻，若任人不當，則國受其殃，只如林甫爲相，然寵擢出宸衷，臣恐他日之後禍延宗社。」帝意不悦。忽一日，帝曲宴近臣於禁苑中，帝指示於九齡，林甫曰：「檻前盆池中所養魚數頭，鮮活可愛。」林甫曰：「賴陛下恩波所養。」九齡曰：「盆池之魚猶陛下任人，他但能裝景致助兒女之戲爾。」帝甚不悦。時人皆美九齡之忠直。（《開元天寶遺事》下）

4. 張九齡見朝之文武僚屬趨附楊國忠，爭求富貴，惟九齡未嘗及門，楊甚銜之。九齡常與識者議曰：「今時之朝彥，皆是向火乞兒，一旦火盡灰冷，暖氣何在？當凍屍裂體，棄甲於溝壑中，禍不遠矣。」果然因祿山之亂，附炎者皆罪累族滅，不可勝數。九齡之先見，信夫神智博達也！向火言附炎也。（《開元天寶遺事》下）

5. 張九齡善談論，每與賓客議論經旨，滔滔不竭如下坂走丸也，時人服其俊辯。（《開元天寶遺事》下）

宋・晁公武《晁公武詩話》：

唐張九齡子壽也，曲江人，長安二年進士，調校書郎，以道侔伊呂科策高等爲左拾遺，開元中爲中書令，卒謚文獻。九齡風度蘊籍，幼善屬文。玄宗朝知制誥，雅爲帝知。爲相，諤諤有大臣節。及貶荊州，惟文史自娛，朝廷許其勝流。徐堅論九齡之文如輕縑素練，實濟時用而窘邊幅。柳宗元以九齡兼攻詩文，但不能究其極耳。集後有姚子彥所撰行狀、呂溫撰眞贊、鄭宗珍撰謚議，徐浩撰墓碑及

贈司徒勅詞。

宋・錢易《南部新書》：

故事：皆搢笏于帶，然後乘馬。張九齡體羸不勝，因設笏囊，使人持之馬前。遂以爲常制。（《南部新書》甲）

宋・闕名《錦繡萬花谷》云：

張九齡母夢九鶴自天而下，飛集于庭，遂生九齡。（《錦繡萬花谷》前集一八）。

宋・陶穀《清異錄》上：

張曲江里第之側有古柘，嘗因狂風發其一根，解爲器具，花紋甚奇，人以公之手筆冠世，目之曰「文章樹」。（《清異錄》上）

宋・孟棨《本事詩》：

1. 張曲江與李林甫同列，玄宗以文學精識深器之，林甫嫉之若讎。曲江度其巧譖，慮終不免，爲海燕詩以致意曰：「海燕何微渺，乘春亦暫來。豈知泥滓賤，衹見玉堂開。綉戶時雙入，華軒日幾廻。無心與物競，鷹隼莫相猜」。亦終退斥。

2. 張九齡在相位，有謇諤匪躬之誠，玄宗既在位年深，稍怠庶政，每見帝無不極言得失。李林甫時方同列，聞帝意，陰欲中之。時欲加朔方節度使牛仙客實封，九齡因稱其不可，甚不叶帝旨。他日林甫請見，屢陳九齡頗懷誹謗。於時方秋，帝命高力士持白羽扇以賜，將寄意焉。九齡惶恐，因作賦以獻，又爲《歸燕》詩以貽林甫。其詩曰：「海燕何微渺，乘春亦寒來。豈知泥滓賤，只見玉堂開。繡戶時雙入，華軒日幾迴。無心與物競，鷹隼莫相猜。」林甫覽之，知其必退，恚怒稍解。九齡洎裴耀卿罷免之日，自中書至月華門，將就班列，二人鞠躬卑遜，林甫處其中，抑揚自得。觀者竊謂一雕挾兩兔。俄而詔張、裴爲左右僕射，罷知政事。林甫視其詔，大怒曰：「猶爲左右丞相耶？」二人趨就本班，林甫目送之，公卿以下視之，不覺股栗。（《本事詩・怨憤》）

宋・尤袤《全唐詩話》卷一：

九齡在相位，有謇諤匪躬之誠。明皇既在位久，稍怠庶政。每見帝，極言得失。林甫時方同列，陰欲中之。將加朔方節度使牛仙客實封，

九齡稱其不可，甚不叶帝旨。他日，林甫請見，屢陳九齡頗懷誹謗。於時方秋，帝命高力士持白羽扇以賜，將寄意焉。九齡惶恐，因作賦以獻，又為燕詩以貽林甫曰：「海燕何微渺，乘春亦暫來。豈知泥滓賤，只見玉堂開。繡戶時雙入，華軒日幾回。無心與物競，鷹隼莫相猜。」林甫覽之，知其必退，恚怒稍解。

宋・方回《瀛奎律髓》：

1. 〈南還湘水言懷〉

拙臣今何有，勞歌念不成。十年乖夙志，一別悔前行。歸去田園老，儻來軒冕輕。江間稻正熟，林裏桂初榮。魚意思在藻，鹿心懷食苹。時哉苟不達，取樂遂吾情。

方回：似韋蘇州

2. 〈郡內閒齋〉

郡閣晝常掩，庭蕪日復滋。簷風落鳥毳，窗葉掛蟲絲。拙病宦情少，羈閒秋氣悲。理人無異績，為郡但經時。惟有江湖意，沉冥空在茲。

方回：張曲江詩有韋蘇州滋味，三、四、五、六俱高爽沉著，而句句婉美也。

馮舒：曲江相玄宗，韋尚為三衛，何得反云有韋滋味？

馮班：曲江名反在左司下耶？

陸貽典：曲江詩遠過左司，名亦在韋上。

紀昀：此詩諧婉。

許印芳：律體而含古意，風格自高，惟聯數畸零，不可為式。○「郡」字複。

3. 〈使至廣州〉

昔年長不調，茲地亦邅迴。本謂雙鳧少，何知駟馬來。人非漢使橐：郡見越王臺。去去郇殊事，山川常在哉。

方回：此為嶺南黜陟使時詩，所謂衣錦者也。三、四工，布衣仕至王朝，人才眾多，江湖之雙鳧乘雁也。駟馬而歸，不亦榮乎。張雖丞相，亦驕矣。

馮舒：「雙鳧」恐不如此解。

紀昀：亦未見工。

馮班：一團元氣。

陸貽典：元氣渾淪。

紀昀：此詩無可採處，一結尤不成理。

無名氏（甲）：廣州，在廣東。

4. 〈和王司馬折梅寄京邑兄弟〉

　　離同念嬉，芳榮欲共持。獨攀南國樹，遙寄北風時。林惜迎春早，

　　花愁去日遲。還聞折梅處，更有棣華詩。

方回：明皇宰相張九齡《曲江集》二十卷，賦一卷，詩五卷。此詩在第
二卷。蜀本「芳榮」作「方榮」，「惜」字不可認，以近本所刊芮挺
章《國秀集》正之。《國秀》「還聞」作「仍聞」。此詩在少陵、太
白之前，陳子昂、杜審言、沈、宋之後。曲江公身為一代正人，而
詩亦字字清切云。芮挺章選唐天寶三年以前諸公，凡九十人，詩二
百三十首，以李嶠為第一，次宋之問、杜審言、沈佺期，又次張說、
徐安貞、張敬忠、賀知章、王翰、董思恭、杜嚴、崔滌、沈宇、劉
希夷，而九齡為第十五人云。時猶未數少陵同時諸公也。

紀昀：於題目亦細切，然無意味。

許印芳：張九齡，字子壽，韶州曲江人。玄宗朝為相，卒諡文獻。《感遇》
詩效阮公《詠懷》，與陳射洪齊名，律詩亦雅令。

5. 〈庭梅詠〉

　　芳章何能早，孤榮亦自危。更憐花蒂弱，不受歲寒移。朝雪那相妒，

　　陰風已屢吹。馨香雖尚爾，飄蕩復誰知。

方回：此見《曲江集》第五卷。詳味詳思，蓋為李林甫所陷。先罷相，
又坐舉周子諒為御史，則荊州長史，此荊州詩也。先有〈戲題春意〉
云：「一作江南守，江林三四春。」在〈玉泉寺古塚〉詩後，然則
詩豈無為而徒作者哉？以置少陵之前可也。子壽未相之前，嘗為洪
州都督，徙桂州，兼嶺南按察選補使。所至詩必佳，洪州詩有云：
「有趣逢樵客，忘懷狎野禽。」〈巡屬縣〉云：「途中卻郡掾，林下
招村民。」妙甚。

紀昀：曲江詩惟摘此四句，以近山林語耳。僻見不化如是！

馮班：如此寄託，比「江西派」諸公詠物詩何如？

紀昀：純是寓意。

許印芳：「那」平聲。

6. 〈初發道中寄遠〉

> 日夜鄉山遠，秋風復此時。舊聞胡馬思，今聽楚猿悲。今別朝昏苦，
> 懷歸歲月遲。壯圖空不息，常恐鬢如絲。

方回：雅淡有味。

許印芳：道中不標地名，尚不合法。後有孟襄陽〈遇晴〉詩，題亦犯此
　　　　病。

紀昀：此在當時爲雅咏，在後世輾轉相摹，已爲習調。但當學其氣韻，
　　　不可復襲其意思。讀盛唐詩，須知此理，方不墜入空腔。

許印芳：此論甚精，明七子學盛唐而成爲僞體，正坐不知此理耳。

查慎行：七、八兩句，曲江風度可想。

紀昀：首句按題，次句又進一步，三句旁托一筆，四句合到本位。措詞
　　　生動，變盡從前排解矣。

許印芳：「朝昏」意複「日夜」。

7. 〈初入湘中有喜〉

> 征鞍窮郢路，歸棹入湘流。望鳥唯貪疾，聞猿亦罷愁。兩邊楓作岸，
> 數處橘爲洲。卻計從來憶，翻疑夢裏游。

方回：此以還鄉漸近爲喜。張丞相，曲江人也。

紀昀：此無佳處。

8. 初發曲江溪中

> 溪流清且深，松石復登臨。正爾可嘉處，胡爲無賞心。我猶不忍別，
> 物亦有緣優。自匪常行邁，誰能知此音！

方回：後六句無一字黏帶景物，謂之似韋蘇州，非頂門鉅眼不識也。

馮舒：曲江大手，豈以似韋爲重？曲江先於韋，如何反謂似韋？不惟不
　　　知曲江，亦不知蘇江也。盲論可惡。

紀昀：韋詩佳處不在不言景物。此種皆謬爲大言，適形其陋。

元・楊士宏《唐音》顧璘評點：

《選詩補注》云：曲江所爲詩多雅淡，而“魚游東深池”與“漢上有游
女”，尤得古風人之音格耳。又雲子壽“魚游東深池”之詩，可見世道
上難進取。所志莫，感歎而作是詩，語蓋意含蓄，似有不可得而盡者。
又：

蓋林甫陰忌九齡，常欲中傷之，九齡既作〈海燕詩〉以見意，及帝賜白

羽巨，則獻賦以自喻云。苟效用之得所，雖殺身而何忌？又曰"縱秋氣之移奪，終感因于篋中"，則公之忠節，豈林甫中傷之是懼哉？然則小人進而君子退且不自保者如此，良可悲哉！

明・高棅《唐詩品彙》：

1. 排　律

   七言排律，唐人不多見，如太白別山僧，高適宿田家等作，雖聯對精密，而律調未純，終是古詩音調。

2. 郡內門齋

   臺閣晝常掩，庭蕪日復滋。簷風落鳥翮，窗葉掛蟲絲。拙病宦情少，羈閒秋氣悲。理人無異績，爲郡但經時。唯有江湖意，沈冥空在茲。劉云高爽沈著，而句句婉美，韋蘇州可得此風味。

3. 神龍以還，品格漸高，頗通遠調，前論沈、宋比肩，後稱燕、許手筆，又如薛少楩之〈郊陝篇〉，張曲江公〈感遇〉等作，雅正沖澹，體合風騷，駸駸乎盛唐矣。

4. 司空圖云：張曲江〔九齡〕五言沈鬱。

明・胡震亨《唐音癸籤》：

1. 唐初承襲梁隋，陳子昂獨開古雅之源，張子壽首創清澹之派。盛唐繼起，孟浩然、王維、儲光羲、常建、韋應物本曲江之清澹，而益以風神者也。高適、岑參、王昌齡、李頎、孟雲卿，本子昂之古雅，而加以氣骨者也。

2. 張曲江五言以興寄爲主，而結體簡貴，選言清冷，如玉馨含風，晶盤盛露，故當於塵外置賞。

3. 沈、宋雖並稱，沈排律工者不過三數篇，宋集中篇篇平正典重，贍麗精嚴，不獨昆明一什勝沈也。初學入門，所當熟習。右丞韻度過之，而典重不如少陵，閎大有加，而精嚴略遜。

   初唐沈、宋外，蘇、李諸子，未見大篇，獨曲江諸作，含清拔於綺繪之中，寓神俊於莊嚴之內，如〈度蒲關〉、登太行、和許給事、酬趙侍御等作，同時燕、許皆莫及。

4. 張九齡〈和御製送張說赴朔方詩〉：「爲奏薰琴倡，仍題瑤劍名。」薰倡故爲帝言，然考是時實炎月。題劍用漢蕭宗賜尚書韓稜等寶劍事，時說正官尚書。其精切如此。

5. 曲江〈湞陽峽詩〉：「惜此生遐遠，誰知造化心。」讀此欲笑柳子厚一篇小石城山記，盡被此老縮入十箇字中矣。柳嘗謂燕公文勝詩，曲江詩勝文，見采摭素嚮云。

明・胡應麟《詩藪》云：

1. 曲江之清遠，浩然之簡淡，……皆五言獨造。至七言，俱疲爾不振矣。

2. 初唐沈、宋外，蘇、李諸子，未見大篇。獨曲江諸作，含清拔於綺繪之中，寓神俊於莊嚴之內，如〈度蒲關〉、〈登太行〉、〈和許給事〉、〈酬趙侍御〉等作，同時燕、許稱大手，皆莫及也。

3. 張曲江五言以興寄為主，而結體簡貴，選言清泠，如玉磬含風，晶盤盛露，故當於塵外置賞。

明・徐師曾《詩源辨體》云：

許學夷云：五言律才藻遠讓沈、宋，故入錄者僅稱平淡。

明・何文煥《歷代詩話考索》：

張曲江為荔枝賦。葛公謂楊妃之嗜，或公啓之。按三百五篇詠禽獸、果木、池臺、服玩、美色、音聲，不一而足，皆末世荒淫之媒邪！

明・周珽《唐詩選脈會通評林》云：

徐獻忠云：曲江近體諸作，復持格力，可謂備其眾美。雖與初唐作駢肩而出，更後諸名家，亦皆丈人行也，而況節義相先，稱古之遺直乎？

清・季振宜《全唐詩稿本》云：

1. 子美〈八哀詩〉曰：相國生南紀，金璞無留礦，仙鶴下人間，獨立霜毛整。矯然江海思，復與雲路永。寂寞想土階，未惶等箕潁。上君白玉堂，倚君金華省。

　九齡登進士第，應拔萃登乙科拜校書郎，玄宗在東宮舉天下文章之士，親加策問，九齡策高等。

2. 碣石歲崢嶸，天地日蛙黽。退食吟大庭，何心託榛梗。骨驚畏曩哲，鬢變負人境。雖蒙換蟬冠右地惡多幸

　九齡為相，以文雅為上知，右相李林甫惡之引牛仙客以傾之，遂罷。

3. 敢忘二疏歸，痛迫蘇耽井。紫綬映暮年，荊州謝所領。

　初九齡為相，薦長安尉周安，周子諒為監察御史，至是子諒以妄陳休咎，上親加詰問，令於朝堂決殺之。九齡坐引非其人，左遷荊州大都督府長

史者久之。

4. 庾公興不淺，黃霸鎮每靜。賓客引調同，諷詠在務屏。詩罷地有餘，篇
終語清省。一陽發陰管，淑氣含公鼎。乃知君子心，用才文章境

九齡善屬文，有集二十卷。

5. 中書舍人姚子顏狀其行曰：公所得俸祿，悉歸鄉園。先得賜物，上表進
納，其清約如此。常賦詩曰：清節往來苦，壯容離別衰。有以見公之情
也。公以風雅之道，興寄為主，一句一詠莫非興寄，時皆諷誦焉。

6. 明皇〈送張說巡朔方賜詩〉云：命將綏邊服，雄圖出廟堂。說〈應制詩〉
有：從來思博望，許國不謀身之句。張嘉正云：山川看是陣，草木想為
兵。盧從愿云：佇聞歌杖杜，凱入繫名王。徐知仁云：由來詞翰首，今
見勒燕然，皆取制勝之義，獨九齡詩云：宗臣事有征，廟算枉休兵。天
與三台座，人當萬里城。朔南方偃革，河右誓揚旌。又曰：威風六郡勇，
計日五戎平。山甫歸應疾，留侯功復成。大抵取旋師偃武之義，宋璟詩
云：以智泉寧竭，其徐海自清。亦有深意也。

7. 釋皎然〈讀曲江集詩〉云：相公乃天啓，人文佐生成，立程正頹靡，繹
思何縱橫，春杼弄緗綺，陽林敷玉英，飄然飛動姿，邈矣高簡情，後輩
驚失步，前修敢爭衡，始欣耳目遠，再使幾慮清，體正力已全，理精識
何妙，昔年歌陽春，徒推郢中調，今朝聽鸞鳳，豈獨蘇門嘯，帝命鎮雄
州，詩流據上游，才兼荊衡氣，瀟湘秋逸蕩，子山匹怪奇。

8. 張宷祝評云：
九齡之文如輕縑素練，實濟時用，微宷邊幅。本集序云：曲江公詩，其
言造道雅正，沖澹，禮合風騷。

清·王夫之《古詩評選》云：

1. 〈感遇詩〉，十有餘篇。今從合選登其二，以見其寄托之遠，洗華從璞，
自具初唐之骨。
鍾伯敬曰：感遇詩，正字（即昂名）氣韻蘊含，曲江（九齡地名）精神
秀出。正字深奇，曲江淹密，各有至處，皆出前人之上。

2. 〈湖口望廬山瀑布泉〉
萬丈洪泉落，迢迢半紫氛。奔飛下雜樹，灑落出重雲。日照虹蜺似，
天清風雨聞。靈山多秀色，空水共氤氳。
曲江自古詩好手，近體大有食梅衣葛之苦，唯此較鄭重，他不足紀也。「空

水」句不以色取瀑布，自然瀑布。

前解描寫瀑布之落，後解則狀其神秀也。

3. 〈宿雲門寺閣〉

　　看閣東山下，煙花象外幽。懸燈千嶂夕，卷幔五湖秋。畫壁餘鴻雁，
　　紗窗宿斗牛。更疑天路近，夢與白雲游。

前解寫宿閣，後解因閣之高而以雲路貼雲門寺。

清・金聖嘆《聖嘆選批唐才子書》云：

〈奉和聖製早發三鄉山行〉

　　羽衛森森西向秦。山川歷歷在清晨。晴雲稍卷寒巖樹。宿雨微銷御
　　路塵。

前解，看他寫山川。只用歷歷二字。看他寫山川歷歷。只用在清晨三字。
唐初人應制詩。從來人人罵其板重。又豈悟其有如是之俊爽耶。三四。
晴雲稍卷。宿雨微銷。此只謂是寫清晨異樣好手。初並不覺山川歷歷。
亦已向筆墨不到之處。早自從中如畫也。

　　聖德由來合天道。靈符即此應時巡。遺賢一一皆羈致。猶欲高深訪
　　隱淪。

後解，連上轉筆。言所以晨光歷歷者。只爲宿雨快晴也。所以宿雨快晴
者。只爲聖德合天也。所以聖德合天者。只爲群賢盡起。無有遺滯也。
然則聖德之合。已無容頌。而靈符之應。實爲可欣。既仰承帝命之如響。
當益思帝心之簡在。今日如此大山大川。定有伏龍伏鳳。正不可不更加
意也。

清・翁方綱《石洲詩話》卷一云：

1. 曲江公委婉深秀，遠出燕許諸公之上。阮陳而後，實推一人，不得以初
　　唐論。

2. 明順德薛岡生〈序南海陳喬生詩〉，謂粵中自孫典籍以降，代有哲匠，未
　　改曲江流風，庶幾才術化爲性情，無愧作者。然有明一代，嶺南作者雖
　　眾，而性情才氣自成一格，謂其仰企曲江則可，謂曲江僅開粵中流風則
　　不然也。曲江在唐初渾然復古，不得以方隅論。

清・沈德潛《唐詩別裁》云：

1. 〈感遇詩〉，正字古典，曲江蘊藉，本原同出嗣宗，而精神面目各別，所

以千古。「草木有本心，何求美人折」！想見君子立品，即昌黎「不採而佩，於蘭何仿」意。

2. 唐初五言古漸趨於律，風格未遒，陳正字（子昂）起衰而詩品始正，張曲江繼續而詩品乃醇。

清・管世銘《讀雪山房唐詩序例》云：

張曲江襟情高邁，有遺世獨立之意，〈感遇〉諸詩，與子昂稱岱華矣。陳（子昂）、張（九齡）〈感遇〉出於阮公〈詠懷〉，供奉〈古風〉本於太沖〈詠史〉。

清・潘德輿《養一齋詩話》云：

1. 唐之復古者，始於張曲江，大於李太白。子昂與曲江先後不遠。子昂〈感遇〉之詩，按之無實理。曲江〈感遇〉之詩，皆性情之中也。安得以復古之功歸子昂哉！

2. 唐詩極含古意者，當以曲江〈感遇〉、青蓮〈古風〉為第一。

清・陳沆《詩比興箋》云：

1. 此及雜詩詠史等篇，皆罷相謫荊州長史後作也。本傳稱其以直道見黜，不戚戚嬰望，惟文史自娛。在郡數載，益修忠悃。又徐浩作碑銘，稱其學究精義，文參微旨，或有興托，或有諷諫，後之作者所鑽仰焉。知此者可與讀〈感遇〉諸詩。

2. 君子自修之初志也。《楚辭》：「不吾知其亦已矣，苟予情其信芳。」韓愈〈猗蘭操〉：「不採而佩，於蘭何傷？士不為遇主而修行，故亦不因捐廢而隕獲。」

3. 幽人歸獨臥，滯慮洗孤清。持此謝高鳥，因之傳遠情。日夕懷空意，人誰感至精？飛沉理自隔，何所慰吾誠？
幽林歸獨臥，謂郡齋閑居之時。下篇屢有懷鄉思歸語，知此時未遇里也。洗慮孤清，明臣心如止水，持謝高鳥，寄媒勞於鳩皇，此意終虛，精感誰應？飛者詎知沈者之情，何以自慰哉？閨中既以邃遠兮，哲王又不寤，此之謂也。

清・劉熙載《藝概》云：

1. 曲江之〈感遇〉出於〈騷〉，射洪之〈感遇〉出於〈莊〉，纏綿超曠，各有獨至。

2. 陳射洪、張曲江獨能超出一格，爲李、杜開先。

清・章燮《唐詩三百首注疏》云：

1. 王堯衢曰：感，思也，思其有幸遭遇。一云感之於心，遇之於目，發於中而寄於言，如莊子寓言之類是也。〈感遇〉詩十有餘篇，今從《三百》錄其二，又從《合解》選其二。王堯衢云：以見其寄托之選，洗華從樸，自具初唐之具。

2. 王堯衢注：是時，牛、李在朝，九齡罷相，故托爲孤鴻之詞以自比。潢，積水池也。不敢顧，畏之也。側見，不敢正視也。雙翠鳥巢於珠樹，比二小人居美位，指李林甫、牛仙客也。翠鳥產南粵，三珠樹在厭火國北，其樹如柏，葉皆爲珠。

3. 望月懷遠

　　海上生明月，天涯共此時。情人怨遙夜，竟夕起相思。滅燭憐光滿，
　　披衣覺露滋。不堪盈手贈，還寢夢佳期。

（首句）先提起月，以下皆從月字描出。（二句）天涯，遍天之下無所不至。此時，際此明月出海之時，暗還懷遠。（三四句）此正承懷遠。唯有情人所以懷遠，唯懷遠所以竟夕起相思。相思，言我此時思念遠人，而情人在遠方，亦當思念於我也。應上「共」字。（五句）謝靈運《怨曉月賦》：「臥洞房兮當何悅？滅華燭兮弄曉月。」此句當作將曉解。十五之月，將曉未落。如此解法，則上句「竟夕」「竟」字，下句「還寢」「還」字，方有層次。光滿，三五之月也。（六句）將曉之時，明月光中，必多寒露。蓋言懷人不能安睡，躊躇月下，覺衣巾爲露所滋耳。此亦串讀，正轉望月，暗言懷人不能安睡，躊躇月下，覺衣巾爲露所滋耳。此亦串讀，正轉望月，暗寓懷遠。（七句）言不堪攬此明月，以贈所懷之人也。（八句）細按「還寢」二字，當作已曉時解。天已曉，不宜寢矣。乃曰「還寢」者，則知望月懷人，達旦不寐也。上句合望月，下句合懷遠。唐人作詩，若以日夕起，多以天曉結之；若以天曉起，多以日夕結之，大概皆用此法。

清・賀貽孫《詩筏》云：

若張曲江〈感遇〉，則語語本色，絕無門面矣，而一種孤勁秀淡之，玫對之令人意消。蓋詩品也，而人品繫之。「草木有本心，何求美人折」三復此語，爲之浮白。

清・方東樹《昭昧詹言》云：

1. 言物各有時，人能識此意，則安命樂天。興而比收，所謂「運命唯所遇」。

2. 張曲江以風雅之道，興寄爲上，故一篇一詠，莫非興寄，此意是矣。然僻者爲之，則又入於空泛，捕風捉影，似是而非。夫六義，風雅頌賦比興兼之，奈何獨主風與興二端乎？大約天下義理及古今載籍文字，惟變所適，無所不備，但用各有當耳。不能觀其會通，而偏提一端，即爲病痛。知味者鮮，所以末流多歧也。

4. 江南有丹橘，經冬猶綠林。豈伊地氣暖，自有歲寒心。可以荐嘉客，奈何阻重深。運命唯所遇，循環不可尋。徒言樹桃李，此木豈無陰？

   公守郡日，嘗作〈荔枝賦〉，有云：「夫其貴可以荐宗廟，其珍可以羞王公，亭十里而莫致，門九重兮曷通？山五嶠兮白雲，江千里兮青楓，何斯獨之獨遠。嗟爾命之不工，每被銷於凡口，罕獲知于貴躬。」

5. 史遷有言：詩三百篇，大抵仁聖賢人發憤之所爲作也。至唐曲江以姚、宋之相業，兼燕、許之文章，詩人遭遇，於斯爲盛。所謂不平之鳴，有托之作，宜若無有焉。此雜詩〈感遇〉諸篇，所以櫝重千秋，珠還合浦也。今觀集中自應制酬酢諸什外，類皆去國以後，澤畔之行吟，湘累之忠愛，特以象超聲色之表，神出古異之餘。有德之言，知味者希焉。故知金鑒之錄，蚤膺明良，羽扇之賦，晚托騷怨。蟪蛄十里之聲，鵂鶹三年之訴。詩三百篇，洵仁聖賢人發憤之所爲作矣。要之，射洪嗣響阮公，振李、杜之先聲。曲江淵源彭澤，啓王、韋之雅操。先正明清、端推二妙。至於意匠心聲，導情輔性，則必以尚論逆志爲其歸。

清・黃培芳《黃石詩話》云：

詩言性情，所貴情餘於語，張曲江〈望月懷遠〉云：「海上生明月，天涯共此時。」語極淺而情極深，遂爲千古絕調。

清・翁方綱《石洲詩話》云：

曲江公委婉深秀，遠出燕、許諸公之上，阮、陳而後，實推一人，不得以初唐論。

清・闕名《靜居緒言》云：

張燕公謂「曲江詩如輕縑素練，實濟時用，微狹邊幅」意似有不足。然曲江爲伯玉之殿，時輩不足當其毫末。少陵云：「詩罷地有餘，篇終語清

省。自成一家則，未缺只字警。」要為定論。少陵評泊，不喪銖黍，其自得可知。

清・余成數《石園詩話》云：

張文獻公云：「九齡之文，如輕縑素練，實濟時用，微窘邊幅。」何燕公善於品題諸人，而知曲江獨未盡也？曲江〈和聖制送其赴朔方〉云：「宗臣事有徵，廟算在休兵。天與三台座，人當萬里城。」此豈窘於邊幅者所能言乎？張曲江……審用舍，明進退，是何等懷抱？何等識力？彼「良金美玉，無施不可」者，未知有此等議論否？

清・賀裳《載酒園詩話》云：

初唐人專務舖敘，讀之常令人悶悶，唯閨闈、戎馬、山川、花鳥之辭，時有善者。求其雅人深致，實可興觀，唯陳拾遺、張曲江兩公耳。

清・歷志《白華山人說詩》云：

1. 初唐五古，始張曲江、陳伯玉二家……曲江詩包孕深厚，發舒神變，學古而古為我用，毫不為古所拘。

2. 赤堇氏云：「讀張曲江詩，要在字句外追其神味。」又云：「曲江詩若蜘蛛之放游絲，一氣傾吐，隨風卷舒，自然成態。初視之若絕不經營，再三讀之，仍若絕不經營，天工言化，其庶幾乎？」

清・紀昀《四庫全書總目提要》云：

今觀其〈感遇〉諸作，神味超軼，可與陳子昂方駕。文筆宏博典實，有垂紳正笏氣象，亦見大雅之遺。

清・毛先舒《詩辨坻》云：

張子壽忠謇之士，陳詩諷主，動合典則，質直有餘，微傷雅致，不徒窘于邊幅也。

清・吳喬《圍爐詩話》云：

張曲江五古勝於燕公。晚唐人詩之得理者，不下於曲江，而措詞太遠。古體寧如張曲江、韋蘇州之有邊幅。

清・喬億《劍溪說詩》云：

曲江公詩雅正沖淡，可想見其風度。「詩罷地有餘，篇終語清省。」觀曲江公集，益嘆老杜評泊之妙。

清・牟愿相《小澥草堂雜論詩》云：

1. 張曲江詩如銅鐵千年，古光秀出。
2. 始興公自〈感遇〉、〈雜詩〉外，亦自體也，何嘗似後人步趨不失尺寸？

清・王闓運《湖綺樓說詩》云：

唐人初不能爲五言，杜子美無論矣。所稱陳子昂、張子壽、李太白，劉公幹之一體耳，何足盡五言之妙。

清・管世銘《讀雪山房唐詩抄》云：

管世銘云：太宗、明皇並工五言，以至尊爲風雅倡。王勃、陳子昂、沈佺期、宋之問、張說、張九齡之徒，比肩接跡，莫不淵岳其心，麟鳳其采，稱盛代之元音焉。

清・陳世鎔《求志居唐詩選》云：

陳世鎔云：子壽朱弦疏越，一唱三嘆，乃治世和平之音，曲江風度亦於此可見。

民國・高步瀛《唐宋詩舉要》云：

1. 陳秋舫曰：「公被謫後有〈詠燕〉詩云：『無心與物競，鷹隼莫相猜。』即此旨也。孤鴻自喻，雙翠鳥喻林甫、仙客。」步瀛案：《舊唐書・玄宗本紀》曰：「開元二十四年十一月，中書令張九齡爲尚書右丞相，罷知政事，兵部尚書李林甫兼中書令，殿中監牛仙客兵部尚書同中書門下三品。二十五年七月，封李林甫爲晉國公，牛仙客爲豳國公。」《張九齡傳》曰：「李林甫自無學術，以九齡文行爲上所知，心頗忌之，乃引牛仙客知政事，九齡屢言不可，帝不悅。二十四年，遷尚書右丞相，罷知政事，左遷大都督府長史。

2. 孤鴻海上來，池潢不敢顧。側見雙翠鳥，巢在三珠樹。矯矯珍木巔，得無金丸懼。美服患人指，高明逼神惡。今我游冥冥，弋者何所慕。
   《法言・問明篇》曰：「鴻飛冥冥，弋人何篡焉？」《後漢書・逸民傳》引此文，李賢注曰：「篡字諸本或作慕。《法言》作篡。宋衷曰：篡，取也，今人謂以計數取物爲篡，篡亦取也。」《文選》卷五十《後漢書・逸民傳論》李善注曰：「今篡或爲慕，非也。」二李在張曲江前，皆言或作慕，是唐時《法言》有作慕者。沈歸愚謂改篡爲慕，應曲江始，非是。且曲江此詩不必用《法言》原有之字，亦不得謂之改也。

現代・孫琴安《五律集評》云：

1. 曲江五律，全唐詩載有八十餘首，以送別、行旅諸作爲多，亦有數首詠物之作。其與子昂皆爲五古高手，各以〈感遇〉詩鳴於詩壇，五律亦由五古移入，故律多諧而不失六朝遺韻。官居相位，而五律詩絕少應制誄詞，一味以淡曠閑遠、幽思渺然而凌駕於時賢之上。

   道濟、曲江雖「二張」並稱，然五律風格實異。曲江移古詩於五律，故律中多含古意而神味不乏，令人唱嘆有情而詩韻愈濃；道濟則精於駢偶，多以律調爲五律，故古意神味稍乏。而後曲江成派而道濟不成派。

   推而言之，凡擅長五古者，其爲五律多有六朝遺韻，子昂以外，曲江以下，如劉眘虛、王維、常建、王昌齡、儲光羲、崔曙、祖咏、綦毋潛、丘爲等，無不如此。故愚意以爲，初、盛之間五律，「四子」以外，子昂獨立，實有二派，先一派以蘇味道、李嶠、沈佺期、宋之問、杜審言等爲代表，變六朝新聲爲律體，純以律法運行，張口便有律意；後一派則以張九齡等爲代表，清空一氣，語意高遠。律體中兼含六朝神味，古意猶存，後王維、王昌齡、常建、劉眘虛、丘爲、儲光羲、綦毋潛、祖咏、崔曙等，均由此演繹。張說則先與沈、宋爲伍，後則漸近九齡，然終以律勝。孟浩然接近九齡一派而稍加律暢，略有不同，此爲後話。

2. 〈望月懷遠〉

   海上生明月，天涯共此時。情人怨遙夜，竟夕起相思。滅燭憐光滿，披衣覺露滋。不堪盈手贈，還寢夢佳期。

   愈讀愈有味。愚每讀此詩，便憶及李義山《無題》諸作。眞所謂異曲而同工者。義山《無題》，人皆喜作情語看，曲江此作，人亦皆喜作情語看。昔賢推唐人壓卷之詩數十篇，多以骨格風調索求，竟茶一首情詩，即沈雲卿之「盧家少婦」、張潮之「茨菰葉爛」二篇，亦不過閨思之作。胡應麟所推唐五言律數首，連閨思亦未見，遑論情詩？愚謂曲江此詩之佳雖不在骨力，然清空一氣，明潤如玉，一片秀色，無半點雜質。既得六朝五言雋永之味，又具唐人五律體段，在此體中，豈不亦堪爲唐人壓卷之一乎？

3. 〈送韋城李少府〉

   送客南昌尉，離亭西候春。野花看欲盡，林鳥聽猶新。別酒青門路，歸軒白馬津。相知無遠近，萬里尚爲鄰。

   語極清淺，然情則深矣。

送別詩有曠達語，有淒苦語。如此篇與王子安《送杜少府之任蜀川》，皆曠達語。然唐人中終究以淒苦語爲多。

4. 〈旅宿淮陽亭口號〉

日暮荒亭上，悠悠旅思多。故鄉臨桂水，今夜眇星河。暗草霜華發，空亭雁影過。興來誰與晤，勞者自爲歌。

張九齡乃曲江（今廣東韶關）人，故詩中有「故鄉臨桂水」之句。此詩因旅宿中一時感秋思鄉，即興而作。所謂「口號」者，即口占也，隨口吟哦而成。

此詩全唐詩一作宋之問作，首句爲「日暮風亭上」餘皆同。

5. 〈咏燕〉

海燕何微渺，乘春亦暫來。豈知泥滓賤，只見玉堂開。繡戶時雙入，華軒日幾回。無心與物競，鷹隼莫相猜。

張曲江云：「無心與物競」杜子美云：「水流心不竟」皆有與物無爭、安然自適之態。李義山「不知腐鼠成滋味，猜意鵷雛竟未休。」與此語末聯句意亦復相同。

6. 〈初秋憶金、均兩弟〉

江渚秋風至，他鄉離別心。孤雲愁自遠，一葉感何深。憂喜常同域，飛鳴忽異林。青山西北望，堪作白頭吟。

起聯妙極！三、四、六、八句皆有比興意。通篇淡語，卻暗藏六朝骨脈。曲江五律，率多如此，非此一篇。

第五章 《曲江集》佚詩

一、《全唐詩稿》詩拾遺

〈奉酬洪州江上見贈〉：

　　受命讞封疆，逢君牧豫章。於焉審虞芮，復爾共舟舫。悵別秋陰盡，
懷歸客思長。江皋枉離贈，持此慰他鄉。

〈司馬崔頌和〉：

　　優閑表政清，林薄賞秋成。江上懸曉月，往來虧復盈。天雲抗直意，
郡閣晦高名。坐嘯應無欲，寧辜濟物情。

〈再酬使風見示刺史裴耀卿〉：

　　茲地五湖隣，艱哉萬里人。驚飈飜是託，危浪亦相因。宣室才華子，
金閨諷議臣。承明有三入，去去速歸輪。

〈石門別楊六欽望〉：

　　燕人同竄越，萬里自相哀。影響無期會，江山此地來。暮年傷汎梗，
累日慰寒灰。潮水東南落，浮雲西北迴。俱看石門遠，倚棹悠悲哉。

二、《唐詩品彙》唐詩拾遺

〈折楊柳〉：

　　纖纖折楊柳，持取寄情人。一枝何足貴，情是故園春。遲景那能久，
芳流不及新。更愁征戍客，容鬢老邊塵。

〈登城樓望西山作〉：

城樓枕南浦，日夕顧西山。宛宛鸞鶴處，高高煙霧間。仙井今猶在，洪崖久不還。金編莫我授，羽駕亦誰攀。簷際千峰出，雲中一鳥閒。縱觀窮水國，遊思遍人寰。勿復惟埃事，歸來早閉關。

〈秋晚登樓望南江入始興郡路〉：

潦收沙衍出，霜降天宇晶。伏檻一長眺，津途多遠情。思來江山外，望盡雲煙生。滔滔不自辨，役役且何成。我來颯衰鬢，孰云飄華纓。櫪馬苦蹀躞，籠禽念遐征。歲陰沉婉娩，日夕空屏營。物生貴得性，身累由近名。內顧覺今是，追歡何時平。

〈勝因並坐其次相得甚歡遂賦詩焉以詠其事〉：

方駕與吾友，同懷不異尋，偶逢池竹處，便會江湖心。夏近林方密，春餘水更深。清華兩輝映，閒步一窺臨。蘋藻復嘉色，鳧鷖亦好音。韶芳媚洲渚，蕙氣襲衣襟。蕭散皆為樂，徘徊從所欽。謂予成夙志，歲晚共抽簪。

〈冬至玉泉山寺屬窮陰冰閉崖谷無色及仲春行縣復往焉故有此作〉：

靈境信幽絕，芳時春暄妍。再來及茲勝，一遇非無緣。萬本柔可結，千花敷欲然。松間鳴好鳥，竹下流清泉。石壁開精舍，金光照法筵。真空本自寂，假有聊相宣。從此灰心者，仍追巢頂禪。簡書雖有畏，身世亦俱捐。

〈登郡城南樓作〉：

閒闇幸無事，登樓聊永日。雲霞千里開，洲渚萬形出。澹澹澄江漫，飛飛度鳥疾。邑人半艫艦，津樹多楓橘。感別時已屢，感眺情非一。遠懷不我同，孤興與誰悉。平生本單緒，解后承復秩。詞謬忝為邦，多慙理人術。駑鈍雖自勉，倉廩素非實。陳力倘無效，謝病從芝术。

〈題畫山水障〉：

心累猶不盡，果為物外牽。偶因耳目好，復假丹青妍。嘗抱野間意，而迫區中緣。塵事固已矣，秉意終不遷。良工適我願，妙墨揮巖泉。變化合聲有，高深侔自然。置陳北堂上，倣像南山前。靜無戶庭出，行已茲地偏。萱草憂可樹，合歡忿亦蠲。所因本微物，況乃憑幽筌。言象會自泯，意色聊相宣。對翫有佳趣，使我心眇綿。

〈春江晚景〉：

江林皆秀發，雲日復相鮮。征路那逢此，春心益渺然。興來祇自得，

　佳處莫能傳。薄暮津亭下，餘花落客船。

〈送楊道士往天台〉：

　鬼谷還成道，天台去學仙。行應松子化，留與世人傳。此地烟波遠，
　何時羽駕旋。當須一把袂，城郭共依然。

〈同綦母學士月夜聞鴈〉

　棲宿豈無意，飛飛更遠尋。長途未及半，中夜有遺音。月思關山笛，
　風號流水琴。空聲兩相應，幽感一何深。避繳歸南浦，離羣叫北林。
　聯翩俱不定，憐爾越鄉心。

〈武司功有幽庭春暄見貽夏首獲見以詩報焉〉

　芳月盡離居，幽懷重起予。雖言春事晚，尚想物華初。遲日曀方照，
　高齋澹復虛。筍成林向密，花落樹應疎。贈鯉情無間，求鶯思有餘。
　暄妍不相待，含嘆欲焉如。

三、《全唐詩補編》

〈照鏡見白髮聯句〉：

　宿昔青雲志，蹉跎白髮年。誰知明鏡裏，形影自相憐。(《萬首唐人
　絕句》補本一。又見《四部叢刊》影明本《張九齡集》)

〈謝公樓〉：

　謝公樓上好醇酒，三百青蚨買一斗。紅泥乍擘綠蟻浮，玉盌纔傾黃
　蜜剖。(《永樂大典》七八九一「樓」字韻)

參考書目

一、《曲江集》版本類

張九齡詩作流傳甚廣，版本亦夥，故而歷來研究、品評、著錄張九齡詩作成就者，頗不乏其人。從張九齡今存可見之詩集版本有如下：

（一）臺灣商務印書館刊印四部叢刊所收南海潘氏藏明成化本，篇目次序一依原書，復以祠堂本所增收，依其先後附之於後。

（二）其他版本：

1. 明翻刻成化九年韶州刊本（簡稱成化本）。
2. 據祠堂本校刊《四部備要》（簡稱祠堂本），中華書局。
3. 明嘉靖十五年增湛若水刊本（簡稱祠堂本）。
4. 明嘉靖間刊本《唐百家詩》（簡稱嘉靖本）。
5. 明萬曆十二年曲江縣刊四十一年李大修補本（簡稱李補本）。
6. 明刊白口十一行本（簡稱白口本）。
7. 明嘉靖乙巳二十四年南雄知府李而進重刊本（簡稱南雄本）。
8. 《四庫全書‧曲江集》（簡稱四庫本）。
9. 《全唐詩》
10. 《全唐詩稿本》
11. 《文苑英華》（簡稱英華本）
12. 《唐詩紀事》
13. 《唐人選唐詩》

上述諸種刻本，最早始於明刻。又有明銅活字本《唐五十家集》所刊張九齡詩集，時代略與成化本相當。傅增湘《藏園群書題記》所載本當即成化本。

清儒陳沆《詩比興箋》卷三特列專箋，評張九齡詩，所據本多不出明刊。可知張九齡詩之刊佈流傳自明清以來不衰。明清人之評價張九齡詩亦頗周全而中肯。

二、《曲江集》研究專著類

1. 司仲敖，《張曲江詩集注》。
2. 朱延丰，〈嶺南第一詩人張曲江研究〉，《東方雜志》四二卷一期。
3. 溫汝適，《張曲江年譜一卷》。
4. 楊承祖，《張九齡年譜附論五種》，台大文史叢刊二集之一。
5. 楊承祖，《張九齡年譜》。
6. 何格恩，《張曲江詩人事蹟編年考》。
7. 何格恩，《張九齡年譜附校書》。
8. 何格恩，《張曲江年譜補正》。

三、經　部

1. 阮元，《十三經注疏校刊》，藝文印書館，2005。
2. 王夢鷗，《禮記今註今譯》，臺灣商務印書館，1992。
3. 孔穎達，《詩經》，十三經注疏本，藝文印書館，1979。
4. 孔穎達，《禮記》，十三經注疏本，藝文印書館，1979。
5. 孔穎達，《論語》，十三經注疏本，藝文印書館，1979。
6. 孔穎達，《周禮》，十三經注疏本，藝文印書館，1979。
7. 孔穎達，《左傳》，十三經注疏本，藝文印書館，1979。
8. 竹添光鴻箋，《左傳會箋》，鳳凰出版社，1978。
9. 簡朝亮，《尚書集注述疏》，鼎文書局，1972。

四、史　部

1. 許總，《唐詩史》，江蘇教育出版社，1994。
2. 袁震雨、劉明今（合著），《明代文學批評史》，上海古籍出版社，1991。
3. 李澤厚、劉綱紀主編，《中國美學史》，里仁書局，1986。
4. 葉朗，《中國美學史大綱》，滄浪出版社，1986。
5. 羅宗強，《隋唐五代文學思想史》，上海古籍出版社，1986。
6. 楊蔭瀏，《中國古代音樂史稿》，丹青圖書公司，1985。
7. 《二十五史述要》，世界書局，1982。
8. 《中國音樂史料》，鼎文書局，1982。
9. 《北史》，鼎文書局，1980。
10. 《南史》，鼎文書局，1980。

11. 《魏書》，鼎文書局，1980。
12. 《周書》，鼎文書局，1980。
13. 《南齊書》，鼎文書局，1980。
14. 《北齊書》，鼎文書局，1980。
15. 《宋書》，鼎文書局，1980。
16. 《梁書》，鼎文書局，1980。
17. 《陳書》，鼎文書局，1980。
18. 《舊唐書》，鼎文書局，1980。
19. 《新唐書》，鼎文書局，1980。
20. 羅根澤，《中國文學批評史》，學海出版社，1978。
21. 羅聯添編，《中國文學史論文選集》，學生書局，1978。
22. 司馬遷，《史記》，啓業書局，1977。
23. 杜佑，《通典》，新興書局，1965。
24. 吳韋昭注，（三國），《國語》。
25. 高誘注，（漢）、姚宏補，（宋），《戰國策》，1980。
26. 陳壽著，（晉）、裴松之注，（宋），《三國志》，1981。
27. 裴駰集解，（晉）、司馬貞索隱、張守節正義，（唐），《史記》，1981。
28. 班固撰，（漢）、顏師古注，（唐），《漢書》，1981。
29. 范曄撰，（宋）、章懷太子注，（唐），《後漢書》，1981。
30. 劉昫等，《舊唐書》，鼎文書局，1981。
31. 歐陽修等，《新唐書》，鼎文書局，1981。
32. 司馬光等，《資治通鑑》，粹文堂，1981。
33. 呂思勉，《隋唐五代史》，九思出版社，1989。
34. 陳寅恪，《隋唐制度淵源論》，樂天出版社，1978。
35. 陳安仁，《歷史研究專題論叢》，華世出版社，1986。
37. 楊樹藩，《唐代政治史》，正中書局，1986。
37. 李曰剛編著，《中國文學流變史》，聯貫出版社，1985。
38. 岑仲勉，《唐人行第錄（附外三種）》，九思出版社，1986。
39. 計有功，《唐詩記事》，鼎文書局，1984。

五、子 部
1. 管敏義譯注，《呂氏春秋譯注》，寧夏出版社，1988。
2. 王充撰、劉盼遂注，（漢），《論衡集解》，1986。

3. 呂不韋撰，劉奇猷校釋，《呂氏春秋校釋》，華正書局，1985。

4. 陳奇猷校注，《韓非子集釋》，華正書局，1977。

5. 楊倞注，王先謙集解，《荀子集解》，世界書局，1976。

6. 劉安，《淮南子》，中華書局，1974。

六、集　部

1. 蔡瑜，《高棅詩學研究》，台大文史叢刊，1990。

2. 皮日休等撰，四庫全書本，《松陵集》，臺灣商務印書館，1986。

3. 方回，四庫全書本，《桐江續集》，藝文印書館，1986。

4. 白居易，《白居易集》，漢京出版社，1984。

5. 丁福保輯，《歷代詩話續編》，木鐸出版社，1983。

6. 丁福保輯，《續歷代詩話》，藝文印書館，1983。

7. 郭紹虞編，《清詩話續編》，木鐸出版社，1983。

8. 王利器校注，《文鏡秘府論校注》，中國社會科學出版社，1983。

9. 元稹，《元稹集》，漢京出版社，1983。

10. 高棅，《唐詩品彙》，上海古籍出版社，1982。

11. 郭紹虞，《杜甫戲爲六絕句集解》，木鐸出版社，1982。

12. 楊炯，《楊盈川集》，（四部叢刊正編），臺灣商務印書館，1979。

13. 齊己，《白蓮集》，（四部叢刊正編），臺灣商務印書館，1979。

14. 沈亞之，《沈下賢文集》，（四部叢刊正編），臺灣商務印書館，1979。

15. 孟郊，《孟東野詩集》，（四部叢刊正編），臺灣商務印書館，1979。

16. 王勃，《王子安集》，（四部叢刊正編），臺灣商務印書館，1979。

17. 杜甫，《分門集注杜工部詩》，（四部叢刊正編），臺灣商務印書館，1979。

18. 元結，《元次山文集》，（四部叢刊正編），臺灣商務印書館，1979。

19. 皮日休，《皮子文藪》，（四部叢刊正編），臺灣商務印書館，1979。

20. 權德輿，《權載之文集》，（四部叢刊正編），臺灣商務印書館，1979。

21. 陳子昂，《陳伯玉文集》，（四部叢刊正編），臺灣商務印書館，1979。

22. 貫休，《禪月集》，（四部叢刊正編），臺灣商務印書館，1979。

23. 李商隱，《李義山文集》，（四部叢刊正編），臺灣商務印書館，1979。

24. 杜牧，《樊川文集》，（四部叢刊正編），臺灣商務印書館，1979。

25. 司空圖，《司空表聖文集》，（四部叢刊正編），臺灣商務印書館，1979。

26. 徐鉉，《徐公文集》，（四部叢刊正編），臺灣商務印書館，1979。

27. 黃滔，《黃御史公集》，（四部叢刊正編），臺灣商務印書館，1979。

28. 陸龜蒙，《唐甫里先生集》，（四部叢刊正編），臺灣商務印書館，1979。

29. 王通門人編，《文中子中說》，（四部叢刊正編），臺灣商務印書館，1979。

30. 《全唐文》，大通書局，1979。

31. 丁福保輯，《清詩話》，西南出版社，1979。

32. 李白，《李太白全集》，九思出版社，1979。

33. 《全唐詩》，文史哲出版社，1978。

34. 劉勰，《文心雕龍》，開明書局，1978。

35. 戴明揚校注，《嵇康集校注》，河洛出版社，1978。

37. 陳寅恪，《元白詩箋證稿》，上海古籍出版社，1978。

37. 陳伯君校注，《阮籍集校注》，北京中華書局，1978。

38. 劉維崇，《李白評傳》，臺灣商務印書館，1976。

39. 空海，《文鏡秘府論》，河洛出版社，1976。

40. 韓愈，《昌黎詩繫年集釋》，河洛出版社，1975。

41. 韓愈，《韓昌黎文集校注》，河洛出版社，1975。

42. 李昉等編，《文苑英華》，華文書局，1965。

43. 劉肅，《大唐新語》，（百部叢書集成），《稗海》，藝文印書館，1955。

44. 趙璘，《因話錄》，（百部叢書集成），《稗海》，藝文印書館，1955。

45. 何光遠，《鑒誡錄》，（知不足齋叢書），上海古書流通處，1921。

46. 王逸章句、洪興祖補注，（漢），《楚辭七種》，藝文印學，1896。

47. 酈道元注，（魏），《水經》，藝文印書館，1975。

48. 昭明太子撰，（梁）、李善注，（唐），《文選李善注》，藝文印書學，1986。

49. 歐陽詢等撰，（唐），《藝文類聚》，藝文印書學，1988。

50. 徐堅著，（唐），《初學記》，藝文印書學，1987。

51. 房玄齡等撰，（唐），《晉書》，鼎文書局，1981。

52. 李昉等撰，（宋），《太平御覽》，藝文印書學。

53. 樂史著，（宋），《太平寰宇記》，藝文印書學，1986。

54. 計有功撰，（宋），《唐詩紀事》，藝文印書學，1987。

55. 王溥撰，（宋），《唐會要》，藝文印書學，1987。

56. 唐汝詢編，（明），《彙編唐詩十集》，藝文印書學，1985。

57. 胡震亨，（明），《唐詩談叢》，世界書局，1985。

58. 胡震亨，（明），《唐音癸籤》，世界書局，1985。

59. 陸時雍，（明），《唐詩鏡》，世界書局，1985。

60. 王昌會撰，（明），《詩話類編》，世界書局，1985。

61. 袁枚，（明），《隨園詩法叢話》，世界書局，1985。

62. 徐師纂、沈芬、沈騏著，（明），《詩體明辯》，廣文書局，1987。

63. 高棟，（明），《唐詩品彙》，廣文書局，1987。

64. 胡應麟，（明），《詩藪》，廣文書局，1987。

65. 趙翼，（清），《歐北詩話》，廣文書局，1987。

66. 翁方綱，（清），《石洲詩話》，廣文書局，1987。

67. 劉熙載，（清），《藝概》，廣文書局，1987。

68. 沈德潛，（清），《唐詩別裁》，廣文書局，1987。

69. 王夫之，（清），《唐詩選評》，廣文書局，1987。

70. 洪亮吉，（清），《北江詩話》，廣文書局，1987。

71. 段玉裁撰，（清），《說文解字注》，廣文書局，1987。

72. 聖祖敕撰，（清），《佩文韻府》，廣文書局，1987。

73. 陳寅恪，《陳寅恪先生全集》，九思出版社，1989。

74. 楊文雄，《李賀詩研究》，文史哲出版社，1982。

75. 胡雲翼，《唐詩研究》，商務印書館，1971。

七、現代著作類

1. 顧建國，《張九齡研究》，中華書局，2007。

2. 傅璇琮編，《唐人選唐詩新編》，陝西人民教育出版社，1996。

3. 張伯偉，《全唐五代詩格校考》，陝西人民教育出版社，1996。

4. 傅璇琮，《唐詩論學叢考》，文史哲出版社，1995。

5. 傅璇琮，《唐代科舉與文學》，文史哲出版社，1994。

6. 尚定，《走向盛唐》，中國社會科學出版社，1994。

7. 葛曉音，《山水田園詩派研究》，遼寧大學出版社，1993。

8. 張淑香，《抒情傳統的省思與探索》，大安出版社，1992。

9. 李珍華、傅璇琮合撰，《河嶽英靈集研究》，北京中華書局，1992。

10. 張素卿，《左傳稱詩研究》，台大文史叢刊，1991。

11. 徐復觀，《中國文學論集》，學生書局，1990。

12. 葛曉音，《漢唐文學的嬗變》，北京大學出版社，1990。

13. 王仲鏞箋，《唐詩紀事校箋》，巴蜀書社，1989。

14. 王力，《漢語詩律學》，上海教育出版社，1988。

15. 王力著、張谷編，《王力詩論》，廣西人民出版社，1988。

16. 曾永義，《詩歌與戲曲》，聯經出版公司，1988。

17. 斯蒂芬・歐文著，美、賈晉華譯，《初唐詩》，廣西人民出版社，1987。

18. 蘇姍・朗格著，劉大基等譯，《情感與形式》，中國社會科學出版社，1987。

19. 蔡英俊，《比興、物色與情景交融》，大安出版社，1986。

20. 李澤厚，《美的歷程》，元山書局，1986。

21. 呂正惠編，《唐詩論文選集》，長安出版社，1985。

22. 郭紹虞，《照隅室古典文學論集》，丹青圖書公司，1985。

23. 王夢鷗，《古典文學論探索》，正中書局，1984。

24. 柯慶明，《文學美綜論》，長安出版社，1983。

25. 朱自清，《朱自清古典文學論文集》，源流出版社，1981。

26. 嚴可均校輯，《全上古三代秦漢三國六朝文》，中文出版社，1981。

27. 郭紹虞，《中國歷代文論選》，華正書局，1980。

28. 傅璇琮，《唐代詩人叢考》，北京中華書局，1980。

29. 何定生，《定生論學集——詩經與孔學研究》，幼獅出版社，1978。

30. 王夢鷗，《初唐詩學著述考》，臺灣商務印書館，1977。

31. 方瑜，《唐詩形成的研究》，牧童出版社，1975。

32. 羅倬漢，《詩樂論》，正中書局，1970。

33. 《唐詩雜論》《聞一多全集》，丙集，香港遠東圖書公司，1968。

34. 王夢鷗，《文學概論》，帕米爾書店，1975。

35. 許文雨集注，《唐詩集解》，正中書局，1981。

36. 杜國清譯，《詩學》，田園出版社，1984。

37. 劉若愚，《中國詩學》，幼獅文化公司，1984。

38. 黃永武，《中國詩學設計篇》，巨流圖書公司，1986。

39. 黃永武，《中國詩學思想篇》，巨流圖書公司 1981。

40. 黃永武，《中國詩學鑑賞篇》，巨流圖書公司，1976。

41. 林文月，《山水與古典》，純文學出版社，1976。

42. 傅庚生，《中國文學欣賞舉隅》，地平線出版社，1975。

43. 柯慶明，《中國古典文學研究》，巨流圖書公司，1985。

44. 謝雲飛，《文學與音律》，東大圖書公司，1985。

45. 陳介白等著，《修辭學研究》，學生書局，1981。

46. 學生書局編，《修辭學釋例》，學生書局，1981。

八、期刊類

1. 劉少雄,〈唐代詩學中的屬對論〉,韓國釜山慶南中國語文學會主辦《秋季國際學術會議論文》,1996。

2. 許總,〈論四傑詩歌在唐前期詩中變革中的作用與意義〉,《華中師範大學學報》,1996 年第二期。

3. 蔡瑜,〈《唐音》析論〉,《漢學研究》,十二卷二期,1994。

4. 蔡瑜,〈宋代的唐詩分期論〉,《國立編譯館館刊》,二十二卷一期,1993。

5. 鄒進先、張安祖同撰,〈張說對唐詩發展的貢獻〉,《求是學刊》,1991 年第三期。

6. 葛曉音,〈論宮廷文人在初唐詩歌藝術發展中的作用〉,《遼寧大學學報》,1990 年第四期。

7. 葛曉音,〈初唐四傑與齊梁文風〉,《求索》,1990 年第三期。

8. 張步雲,〈論從初唐到盛唐的過渡詩人張說〉,《上海師範大學學報》,1989 年第三期。

9. 柯慶明,〈中國古典詩的美學性格──一些類型的探討〉,收在《中國美學論集》,南天書局,1989。

10. 高友工,〈律詩的美典〉,《中外文學》十八卷第二、三期,1989。

11. 傅璇琮,〈談王昌齡的詩格〉,《文學遺產》,1988 年第六期。

12. 張步雲,〈試評初唐詩人陳子昂〉,《上海師範大學學報》,1988 年第三期。

13. 楊柳,〈論初唐詩壇〉,《唐代文學論叢》,1986 年。

14. 周小立,〈唐初詩風榷論〉,《湖南師範大學社會科學學報》,1986 年第四期。

15. 鄭毓瑜,〈文心雕龍的辭氣論──兼論辭氣品鑒與人物品鑒的關係〉,《臺大中文學報》創刊號,1985。

16. 張亨,〈論語論詩〉,《文學評論》第六集,巨流出版社,1970。

17. 黃永武,〈詠物詩的評價標準〉,《古典文學》第一期,1971。

18. 黃永武,〈孤鴻海上來──張九齡詩中的鳥〉,《書和人》三八五期。

19. 張達人,〈以風度見稱的張九齡〉,《中華書訊》,1972。

20. 何格恩,〈張九齡之政治生涯〉,《嶺南學報》四期,1986。

21. 沈謙,〈文心雕龍論文學風格〉,《古典文學》第二期,1972。

九、學位論文類

1. 鄭毓瑜,《六朝藝術理論中之審美觀研究》,台大博士論文,1990。

2. 蔡瑜,《宋代唐詩學》,台大博士論文,1990。